LE LIVRE OUVERT

DU MÊME AUTEUR

Allée 7, rangée 38, Paris, Éditions Léo Scheer, 2011

Moscou-PSG, suivi de *Natacha ou 21 scènes de printemps*, Paris, Éditions Léo Scheer, 2013

Nom de pays Karl, Paris, Éditions Léo Scheer, coll. « Variations », 2013

A + 2, Paris, Éditions Léo Scheer, 2014

Hannah Arendt, les juristes et le concept de totalitarisme, Éditions Kimé, collection « Nomos & Normes », 2020

www.leoscheer.fr

SOPHIE SCHULZE

LE LIVRE OUVERT

roman

Éditions Léo Scheer

À François

Antigone
Assieds-toi, pour reposer tes membres sur ce simple bloc de pierre ;
Tu as, pour un vieillard, parcouru une bien longue distance [...].

Œdipe
Quel est ce lieu ? À quel dieu est-il consacré ?

L'Étranger
On ne peut ni y mettre le pied, ni l'habiter ;
Les terribles déesses qui le possèdent sont les filles de la Terre et des Ténèbres.

Œdipe
Sous quel nom vénérable dois-je les invoquer ?

L'Étranger
Ce peuple a coutume de les nommer les Euménides qui voient tout ;
On les appelle autrement ailleurs.

Œdipe
Qu'elles veuillent donc accepter la présence d'un suppliant !
Je ne quitterai pas la pierre où je suis assis ici.

Sophocle, *Œdipe à Colone*

Je l'aperçois sur la route, depuis la fenêtre du premier. Elle marche avec un bâton, son chien à ses côtés. Ils s'arrêtent devant le portail. Je ne sais pas comment elle a identifié le chalet, comment elle a su que c'est là.

Le chien prend l'allée du jardin. Elle le suit. Parvenue à la terrasse, elle demande aux clients du gîte si je suis présent. Je descends les accueillir. Au bruit de mes pas, elle tourne la tête vers moi. Je la salue, d'un simple « bonsoir ». Elle sourit. Elle m'a reconnu.

Elle se présente. Puis elle présente son chien : « Il s'appelle Démon. » Je caresse le chien. Il se laisse faire, indifférent. Je sens que ce chien-là n'a qu'un seul maître. C'est la fidélité faite bête. Inutile d'essayer de le séduire.

Elle me demande où est sa chambre, si elle peut la visiter. Elle a besoin de se familiariser avec les lieux.

Je lui ai réservé le seul logement que j'ai au rez-de-chaussée, une chambre et une salle de bains indépendantes, à côté de la cuisine et de la salle à manger communes. C'est là que vit d'habitude le gardien du gîte, qui a accepté de dormir ailleurs pendant son séjour.

Elle inspecte les lieux avec minutie. Elle fait un aller-retour entre le lit et la porte d'entrée, puis entre la porte de la chambre et celle de la salle de bains. Elle s'allonge sur le lit. Elle tend les bras pour connaître l'emplacement des murs et situer la table de nuit. Elle s'assoit pour mesurer la hauteur du matelas. Elle me demande d'enlever le tapis. Elle sort de son sac un plaid un peu usé, plein de poils, qu'elle place au pied du lit. « C'est pour Démon. Cela ne vous dérange pas ? »

Non, cela ne me dérange pas.

Dans la salle de bains, elle trouve d'abord le lavabo. Elle essaie le robinet, fait couler l'eau pour savoir de quels côtés elle sort chaude ou froide. Elle détaille la douche, en palpant le bac, son rebord, l'emplacement du pommeau de douche et la porte coulissante. Elle me demande où se trouve le porte-serviette.

Je la conduis ensuite vers la salle à manger. Je lui indique où se trouvent les tables et les chaises. Puis je la guide vers la cuisine adjacente. Elle ne s'intéresse pas à la gazinière. Seulement au frigo, au placard où se trouvent les verres, au lavabo et à la poubelle. Pour conclure son état des lieux, je lui montre le chemin vers la sortie, celui qui passe par la terrasse.

Dehors, elle me remercie pour la visite.

« Cela sent bon, chez vous. Il se dégage de votre vieux chalet en bois beaucoup de chaleur, mais un peu de tristesse aussi, je trouve. »

Je lui raconte brièvement son histoire. Il a plus de cent ans. Je l'ai acheté à un ancien guide de Chamonix, qui partait à la retraite au moment où je suis entré dans le métier. J'y ai habité sans rien changer. Jusqu'au jour où il a en grande partie brûlé, à cause d'un faux contact dans le circuit électrique. Ce soir-là, l'âme des lieux est comme partie avec la fumée. Ce qui explique peut-être la tristesse qu'elle a ressentie. J'en ai été tellement affecté qu'après l'incendie, je n'ai plus eu le cœur d'y vivre. Je l'ai rénové pour le transformer en gîte. Je me suis exilé dans le champ d'à côté, celui du haut, où j'ai construit, de mes propres mains, une nouvelle maison, plus petite et délibérément moderne.

Elle veut savoir pourquoi j'ai appelé le chalet *La Tempérance*. Mais ce n'est plus le moment de raconter des histoires. C'est l'heure du dîner. Les clients se regroupent autour des tables. Nous devons rejoindre chacun nos pénates.

La journée du lendemain s'annonce très chaude. Nous préférons l'un et l'autre grimper à la fraîche. Elle aimerait être au pied des rochers à quatre heures du matin. Je lui fais remarquer qu'à cette heure-là, le soleil sera à peine levé, qu'il y aura peu de luminosité. Six heures est plus raisonnable.

« Vous avez raison. Une aveugle, c'est bien assez ! »

Elle rit et part manger, avec son bâton et son chien à ses côtés.

*

J'ai pris le tortillard, celui qui monte de la vallée de Saint-Gervais à Chamonix. C'est la première fois que je m'arrête aux Houches.

Avant, je prenais ce train pour faire le tronçon entre Chamonix et Argentière, quand je descendais en ville ou quand je rentrais à la tente. Les Houches, dans ma représentation d'alors, c'était le fond de la vallée de Chamonix, là où le soleil se couche le plus tôt. C'était le dernier bastion avant la descente vers Sallanches, le village où je devais dire adieu aux sommets enneigés. J'ignorais qu'un jour Les Houches serait mon point d'arrivée.

Démon se réveille à la descente du train. Il est heureux de retrouver la terre ferme. Il est tout de suite aux aguets. Plein de nouvelles odeurs l'assaillent. Il n'est pas le seul. Moi aussi, je suis saisie par cet air vif malgré la chaleur, par cette sensation d'apesanteur, par le souffle léger et énergique propres aux vallées alpines. Ce même air qui, quand on descend de quatre mille mètres, semble à l'inverse lourd, étouffant, surchauffé.

Le chauffeur de taxi que j'ai réservé vient à notre rencontre. La voiture emprunte une longue route montante et serpentante. À l'odeur, je devine qu'elle traverse un espace boisé. Sur le chemin, je demande au chauffeur de me laisser quelques maisons avant le gîte. J'ai besoin de marcher. En me déposant, il compte : « C'est la septième maison sur votre droite. » Je m'aide des restes de ma vision périphérique pour compter à mon tour. Une grosse masse sombre suivie d'une zone lumineuse vaut pour une maison. Je m'arrête devant la septième. Démon comprend qu'il doit prendre le relais. Je le suis pour entrer.

Nous nous arrêtons devant des voix d'hommes qui parlent montagne sur un ton enjoué. Il est question de nœuds, de manipulation de cordes, de coinceurs. Je leur demande si le maître des lieux est là. En guise de réponse, j'entends des pas s'approcher, suivis d'un « bonsoir ». Je sais que c'est lui parce que les voix des autres se taisent à son arrivée. Un silence respectueux et admiratif, que seul un guide de haute montagne peut susciter.

Sa voix me surprend. Je l'attendais grave, rocailleuse, intérieure, conforme à ma représentation caricaturale du montagnard viril et bourru. Mais la sienne est douce, presque féminine, bien que posée.

Les présentations faites, je lui demande de faire son métier, me guider. Mais pas encore dans une voie, vers un sommet. D'abord dans sa demeure.

Je sens qu'il m'observe pendant que je repère les lieux. Mais son attention n'est pas pesante, ni jugeante. Curieuse, seulement.

L'atmosphère qui se dégage du gîte est contrastée. Certains endroits, comme le couloir d'entrée et la salle à manger, sont lumineux. Au toucher et à l'odeur, le bois semble jeune. Il en émane de la force, et même de la noblesse. Mais d'autres, comme la chambre, sont sombres, hantés par la tristesse, la solitude, le deuil. En y entrant, Démon baisse un peu la tête, alors qu'ailleurs, sa queue ne cesse de remuer.

Cette ambivalence me plaît. Elle est en adéquation avec les raisons de mon séjour.

Pour m'expliquer ce contraste, il me raconte l'histoire de son chalet, qui a connu de beaux jours, mais aussi sa part de drame, comme je l'ai senti. Il me quitte à l'heure du dîner, pressé de retrouver son propre logis.

Je demande au gardien de me servir le repas dans la chambre. Je n'ai pas le courage de partager une table avec des inconnus, qui ne manqueront pas de m'interroger sur ma cécité. J'ai envie d'être seule pour laisser venir à moi les sensations et les souvenirs associés à ce retour dans la vallée.

Pendant la soirée, je pense à mon père. Je le revois avec son knicker en velours beige et ses grosses chaussures de montagne en cuir. Je revois son sourire et ses yeux pétillants au retour de course. Je revois notre tente, et le gaz à deux feux sur lequel ma mère cuisinait les pâtes et la sauce tomate. À l'époque, les seuls chalets où nous dormions étaient les refuges de haute montagne, avant d'attaquer la voie. Mon père aurait aimé ce gîte-là, je crois.

Je m'endors comme une souche, sans penser à ce que réserve le jour d'après.

*

Elle est là, à six heures du matin, devant la porte d'entrée. Démon est là aussi. Ils m'attendent.

Nous partons rejoindre un site d'escalade près du glacier des Bossons. Dans la voiture, je mets « I'm New Here », de Gil Scott-Heron. Elle ne connaît pas. Elle écoute silencieusement, son chien à moitié endormi à ses pieds. Son silence n'est pas pesant. Agréable, même. Je n'ai pas de conversation à entretenir. Je me laisse bercer par la musique, la route et le moteur jusqu'au parking. Le genre de trajet que je préfère. De loin.

Pour accéder aux premiers rochers, nous trouvons spontanément notre ordre de marche. Moi devant, suivi par Démon, elle en queue de file. Elle utilise sa canne blanche pour repérer les irrégularités du sentier, les pierres, les buissons, les racines. Elle est très adroite. Elle anticipe parfaitement, et sans crainte, le parcours. Elle marche de façon presque fluide, moins lentement que je ne l'avais craint. Elle doit avoir l'habitude des chemins de randonnée.

Le chien aussi est bien entraîné. À chaque virage, il s'arrête. Elle le prend alors par la poignée de la laisse, autour du cou. Côte à côte, ils suivent la courbe du virage. Puis le chien repasse devant elle.

J'ai décidé de commencer par l'escalade de blocs. Je veux connaître son niveau technique, savoir comment elle s'y prend pour grimper sans voir, avant de m'embarquer dans les manœuvres de cordes, qui ajouteront une difficulté supplémentaire. C'est la première fois que je grimpe avec une aveugle. J'ai donc besoin, moi aussi, de prendre mes repères, d'apprendre ce qui est réalisable, et comment, et ce qui relève de l'impossible.

Je choisis un premier rocher très facile, à peine haut de deux mètres.

« Ça y est, nous sommes arrivés. Nous sommes au pied du premier bloc. »

Au lieu de s'approcher du rocher, elle reste sur place.

Elle dit à Démon de rester assis. Puis elle commence une série de postures de yoga, sans tapis, à même le sol. L'enfant. Le chien tête en bas. La pince. Le guerrier. L'arbre. Et, pour finir, la salutation au soleil.

Elle enfile ensuite ses chaussons d'escalade. Ils sont usés. C'est bon signe.

Puis elle se tourne vers moi et me dit d'une voix assurée :

« Je suis prête ! »

Je place le *crash pad* au pied du bloc. Je lui prends la main pour lui montrer son emplacement, puis celui du rocher.

Je lui indique où est la première prise, sans lui dire si c'est une prise de main ou une prise de pied. Je lui décris brièvement le reste de la voie. Il n'y a que trois à quatre mouvements à faire pour sortir. Le bloc est à peine plus haut qu'elle. Il est facile. Les prises sont toutes à portée de main.

Puis je la laisse seule, debout sur le tapis, face au rocher.

Elle avance lentement sa main vers la pierre. Elle la caresse à la recherche de la prise que je lui ai montrée. Elle la trouve tout de suite, y pose le bout de son pied droit et s'y hisse avec assurance en bloquant sa jambe et en y mettant tout son poids. En équilibre sur ce pied, son centre de gravité parfaitement placé, elle commence à palper le rocher à la hauteur de sa main droite. Elle trouve une large fissure rassurante, qui lui permet de se mettre en extension sur son bras droit. Son pied gauche, libéré, balaie à son tour le rocher. Il ne trouve qu'un petit gratton, passant à côté du gros baquet que les voyants d'habitude utilisent. Mais cela lui suffit comme appui. Elle reporte tout son poids sur cette petite prise et, pendant qu'elle se lève, elle reconnaît de la main la sortie de la voie, toute proche. Elle se hisse sur son bras droit et sort d'un coup, en effectuant un rétablissement impeccable.

Cette première escalade est très encourageante. Ses gestes sont calmes, presque tendres. Sa technique est sûre. La seule véritable difficulté est la lecture de la voie, trouver les prises. Mais une fois trouvées, son corps répond immédiatement en adoptant la position adéquate. Elle semble avoir de l'endurance, aussi. Je la crois capable de tenir longtemps l'équilibre sur un seul appui, sans tétaniser. Elle ne semble pas avoir d'appréhension non plus. Peut-être parce qu'elle ne voit pas le risque.

La descente, en revanche, est plus délicate.

Sans canne et sans chien, debout sur deux pieds au lieu des quatre membres qu'elle a utilisés pour grimper, il lui est plus difficile de reconnaître le chemin. Pour la première fois, elle me demande de l'aider : « Par où je passe, maintenant ? » Je redoutais ce moment, celui où je dois me transformer en audio-guide. Mes premières indications sont trop vagues.

Mes simples « à droite » ou « à gauche » ne suffisent pas. Je dois être plus précis :

« Il faut suivre la pente du rocher. Il descend en pente douce. Mettez-vous de face. À droite. Non, pas autant ! Bien. Maintenant, tout droit. Attention, il y a un relief. Encore. Vers la gauche. Pas trop. Bien. Ça y est, il ne reste qu'une grande marche… »

Retour au sol.

Son visage est illuminé. Elle est heureuse, libérée d'un grand poids. Démon court vers elle, heureux lui aussi. Il la lèche en remuant la queue. Elle le caresse avec chaleur.

Leur câlin fini, elle revient vers moi.

« On continue ? »

*

Démon me réveille. Il est plus enjoué que d'habitude. Le gîte est endormi. J'ai la salle à manger pour moi seule. Le pain, le beurre, la confiture, la Thermos de café sont déjà sur la table. Je ne peux pas rêver mieux.

Démon et moi engloutissons. Ces agapes finies, nous attendons notre guide en écoutant les bruits auroraux de la forêt avoisinante.

Il arrive en retard. Au son de sa voix, je comprends qu'il n'est pas encore entièrement sorti de sa nuit. Il nous conduit silencieusement vers sa voiture, sans nous dire où nous allons. Avant de démarrer, il met de la musique. Je ne connais pas le chanteur. Mais il a une très belle voix, grave et rocailleuse, celle qui colle à ma représentation d'une voix de guide.

Le trajet ne dure pas longtemps. Il faut ensuite marcher pour rejoindre le site. Ce qui nous réveille.

J'étais persuadée que nous nous rendions à une école d'escalade. Mais sur le sentier, il m'annonce que nous allons faire du bloc. C'est un choc. L'escalade de blocs, ce n'est pas mon terrain. C'est le territoire, enfoui, de mon père. Quand il était jeune homme, dans les années soixante-dix, il a appris à grimper sur les rochers de Fontainebleau. Ses premiers circuits, les voies jaunes, orange ou bleues, il les a faits en chaussons RD à semelle rigide, une simple plaque métallique recouverte de caoutchouc.

C'est à Fontainebleau, aussi, qu'il a rencontré ma mère. Une grimpeuse volontaire, courageuse, tenace, selon ses dires. Une ou deux années plus tard, il a découvert les falaises et la haute montagne. Ma mère l'a suivi. Ensemble, ils ont fait leurs premières voies alpines, lui en tête, elle en second. Fontainebleau l'a alors beaucoup moins intéressé. Il n'y allait plus que pour s'entraîner avec ses grosses chaussures de montagne.

Mariés, ils ont quitté définitivement Paris. Ils se sont installés à Lyon. Il n'a plus fait que de la haute montagne. Il n'a jamais remis les pieds à Fontainebleau, ni même sur un bloc. Ma mère n'a plus remis les pieds sur un rocher tout court : ma naissance a marqué la fin de ses aventures à la verticale.

J'ai repris le flambeau, comme un témoin que l'on se passe d'une génération à l'autre. J'avais une dizaine d'années quand j'ai enfilé pour la première fois un baudrier. C'était sur une dalle d'Ailefroide. Mon père m'a appris ensuite les gammes à l'école d'escalade de La Bérarde. Puis il m'a conduite en falaise et sur de petites arêtes. Jusqu'à ce que je sois prête pour la haute montagne. Il a été mon guide, mon premier de cordée, dans l'arête des Papillons, au sommet de l'aiguille de l'M, dans la Dibona, le Grépon, la pointe des Cinéastes. Plus tard, quand je suis devenue étudiante à Aix-en-Provence, j'ai grimpé sans lui. Au hasard de mes amitiés et de mes amours, j'ai crapahuté, en tête ou en second, dans les gorges du Verdon, les Calanques, la montagne Sainte-Victoire, les dentelles de Montmirail.

Mon père, lui, a rencontré Hughes, un autre alpiniste aguerri, avec lequel il a gravi ses plus beaux sommets, des voies mythiques, les Grandes Jorasses, le pilier Gervasutti, l'éperon Frendo, la voie américaine de l'aiguille du Fou…

Du bloc, je n'en ai jamais fait. Ni mon père, ni mes autres compagnons de cordée ne m'y ont initiée. Ils aimaient qu'il y ait de l'engagement, du gaz, des cordes, des relais, chercher les itinéraires, des centaines de mètres à escalader avec un mental d'acier. J'ai arrêté de grimper quand je n'ai plus eu la force intérieure de relever ces défis. Mais je n'ai pas eu le courage de le reconnaître. J'ai mis cette rupture sur le compte de mon futur mari. Il avait le vertige. Il détestait la montagne. Il n'aimait que la mer, où il excellait. Mon énergie a alors été accaparée par la voile, puis par ma carrière et la maternité. J'ai tiré un trait, que je croyais définitif, sur l'engagement physique et mental de la prise de risque alpine.

Mon père, lui, a arrêté de grimper quand ses muscles lui ont rappelé son âge. Le mental était encore là. Mais le corps ne suivait plus.

Il y a deux ans, j'ai ressorti du placard mes chaussons et mon vieux baudrier. Cela faisait presque vingt ans que je n'y avais pas touché. Je ne distinguais déjà plus les couleurs ni les reliefs. Mon champ de vision était très réduit. C'est sans doute pourquoi j'ai repris l'escalade que je connaissais. Je suis retournée en falaise. Je n'ai même pas pensé aux blocs. Ils n'avaient jamais fait partie de mon univers.

Par une étrange ruse de l'histoire, le destin me place aujourd'hui à mon tour, pour la première fois, devant des blocs. Retour à la case départ. Sauf que ces blocs-là ne sont pas mes premiers pas sur un rocher. Ils sont au contraire les derniers. Avant la nuit noire. Avant ma cécité totale.

Une boucle est en train de se refermer. Le nœud de ma destinée. Ou de notre destinée. Je ne sais pas. Je ne dois pas y penser. Je dois faire le vide. Je dois chasser loin, vers le ciel, le fond de la terre, ou des mers, tous ces souvenirs, ces émotions, ces idées adventices. Je dois grimper pour moi. En toute sérénité. Pacifique.

En guise d'échauffement, j'enchaîne des postures de yoga. Afin de n'être plus qu'une respiration et un corps structurés par un mental. Je fais le vide. Geste après geste. D'expir en inspir. Je chasse Fontainebleau. Je m'ancre dans le présent. Sur le sol des Bossons, près du glacier, à Chamonix, aux Houches.

Mon guide attend, sans faire le moindre bruit, que je me débarrasse de tous mes récits fantomatiques. Quand, enfin, je suis d'attaque, il m'explique l'exercice.

« Les blocs ne sont pas très hauts. Entre deux et quatre mètres maximum. Il n'y a pas d'assurance. Ce qui vous protège, c'est le crash pad.

— C'est quoi, ça ?

— Un tapis de réception. Si vous lâchez prise, vous tombez dessus. Votre chute sera amortie. Vous ne vous ferez pas mal. Il est là. Tenez. »

Il me prend le bras pour me le faire toucher. C'est épais, un vrai matelas. C'est assez large, aussi. Comme un petit lit de bébé. Il l'a placé juste au pied de la voie, le long du rocher.

« Et si je me réceptionne mal ?

— Je suis là pour faire parade. Je réorienterai votre chute si vous partez dans un mauvais sens. Mais ce n'est pas fréquent. Enfin… normalement… avec vous, je ne sais pas.

— Il n'y a pas de raison. Je suis aveugle. Pas désaxée ! Et la sortie, ça ressemble à quoi ?

— Un aplat, plus ou moins perpendiculaire à la voie. Classique.

— Essayons. Pour "voir", n'est-ce pas ?

— La première prise est là. »

Il place ma main sur une réglette située à une cinquantaine de centimètres du sol.

Puis il me laisse seule, face au rocher.

Je commence par toucher la pierre, émue de sentir à nouveau sous mes doigts la texture âpre du granit. Puis je laisse mon instinct et mes automatismes prendre le relais. Je ne pense plus à rien. Mon esprit part se loger dans mes doigts et mes pieds. Ensemble, ils se mettent à dialoguer avec la pierre. J'enchaîne les mouvements sans prendre conscience ni sentir vraiment que je grimpe.

Je reprends conscience en haut du rocher. Je ne sais pas à quoi la sortie ressemble. Je ne connais pas les volumes du bloc. Je n'ai aucun repère. Une légère panique me saisit, comme toujours quand je me retrouve dans un lieu inconnu sans Démon ni canne pour me seconder.

Il m'aide, en me décrivant grossièrement le chemin de descente et la direction. Il n'est pas habitué à guider un aveugle, je le comprends tout de suite. Je ne suis pas la seule à manquer de repères. Pourtant, il m'inspire confiance. Peut-être parce que son inexpérience est compensée par son attention et sa volonté de bien faire. Ou parce qu'un grimpeur de son niveau est capable de voir et d'anticiper pour deux. Toujours est-il que je retourne sur le plancher des vaches sans encombre.

Je fête ce premier exploit avec Démon, tout excité par mon retour.

*

Je poursuis avec un bloc plus difficile, plus haut, où les prises sont plus distantes, moins accessibles. Il faut se regrouper ou se mettre en extension pour les trouver.

Nous nous mettons d'accord pour que, cette fois, elle essaie de le grimper seule, sans aucune indication de ma part.

Elle tâte longtemps le rocher avant de trouver la première prise. Si longtemps que j'hésite à la lui montrer. Après s'être hissée dessus avec le pied gauche, et avoir trouvé un gratton pour sa main, elle recommence son exploration de la surface à la recherche de quelque chose pour son pied droit. C'est interminable. Comme je crains qu'elle ne tétanise, en appui sur un seul pied, je finis par lâcher : « la prise est plus bas, et plus à gauche ». Avec un sens de l'équilibre remarquable, elle se penche, en se pliant presque en deux, tout en restant collée au rocher, et palpe la surface à hauteur de son genou droit. Quand elle trouve la prise, elle peut enfin se reposer sur ses deux pieds et respirer.

Elle trouve plus rapidement la prise de main suivante, bien qu'elle soit très haute. Il est manifestement plus facile pour elle de trouver les prises de main que de pied. La main droite tendue, en appui sur son pied droit, elle part à la recherche d'une nouvelle prise pour son pied gauche. Comme avant, elle la cherche à la hauteur de son genou. En vain. Comme son mollet commence à trembler, je lui dis qu'elle est plus haut, au niveau de son bassin. Elle la trouve assez vite et s'y rétablit. Elle reprend son souffle. En tendant la main, elle reconnaît l'aplat de sortie. Elle sort promptement, sans forcer, le geste propre.

Je la guide pour la descente. J'essaie cette fois les repères géographiques « sud, sud-est, nord-nord-ouest, plein est », mais ils ne sont pas plus efficaces que mes précédents « à droite, en bas, à gauche ». Par chance, cette descente-là est plus facile que la précédente.

Ce bloc plus difficile m'apprend qu'elle n'est pas autonome. Elle aura toujours besoin de mes yeux et de mes indications. Même si elle a une très bonne technique et une résistance hors du commun – elle est capable de tenir en appui bien plus longtemps que la plupart des grimpeurs –, ses forces ont des limites. Or, là-haut, le temps nous sera compté. L'escalade en haute montagne n'est pas un sport contemplatif dans un environnement accueillant. Il faut avancer. Si nous voulons atteindre son objectif, le sommet du Grépon, nous ne pourrons nous permettre d'attendre qu'elle trouve elle-même où mettre les pieds.

Je dois donc apprendre à mieux la guider. Non seulement en montée. Mais aussi en descente.

*

Le premier bloc a été facile. Et plaisant. Je l'ai escaladé avec la fougue d'une débutante à qui tout sourit.

Il n'en est pas de même du deuxième.

La tension des premiers pas est retombée. Je n'ai plus cette électricité intérieure qui, dans le premier bloc, m'a portée vers l'avant et m'a tenu lieu d'intuition. Le travail de compensation de mon handicap doit les remplacer. Un travail laborieux que je mets toujours du temps à mettre en place. Mon corps doit trouver ses marques. Mon esprit tâtonne dans le noir. Il leur faut tous les deux comme s'humilier à la recherche d'une prise que tout le monde voit. Ce qu'ils ne font jamais de gaieté de cœur, ni sans se débattre.

Le guide ne me facilite pas non plus la tâche. Il m'a demandé d'essayer seule, sans indication de sa part.

Alors que ce rocher-là est certainement plus exigeant que le précédent. J'ai pourtant accepté, sans faire aucune remarque. J'ai eu peur qu'il ne doute de moi. Alors que c'est moi qui devrais douter de lui, qui ignore tout de mes contraintes de non-voyante.

Je fais du mieux que je peux. Je tâte le rocher dans tous les sens, tiens le plus longtemps possible mes appuis, enchaîne quand c'est possible. C'est long. Parfois pénible. Probablement pas très beau à voir. Je ne suis pas contente de moi quand c'est fini.

L'effort, pourtant, en vaut la chandelle. Il commence à comprendre ce que guider une aveugle voulait dire. Il ne s'agit pas seulement de montrer l'itinéraire et d'assurer la sécurité, comme avec ses clients habituels. Pour en arriver là, il faut d'abord qu'il oriente chacun de mes pas.

Ce qui n'est possible que s'il se met un peu à ma place.

Pour l'aider à m'orienter dans mon monde gris-noir, je lui conseille d'utiliser plutôt les repères du cadran, « à midi, à une heure, à onze heures », midi étant toujours le zénith de la montée, même en descente.

Puis je lui suggère d'essayer une fois de grimper avec un bandeau. « Pour voir comment ça fait, de ne rien voir. »

*

Elle a raison. Il faut que j'essaie de grimper à l'aveugle. Cela ne peut qu'améliorer notre cordée, la souder.

J'ai ajusté mon tour de cou autour des yeux. De la lumière passe encore un peu. Mais je ne peux plus rien discerner.

L'expérience s'avère rapidement pipée. Dès que je m'approche du bloc, je suis mon image mentale du parcours. Je le connais par cœur. Je cherche les prises là où je sais qu'elles sont. Je tâte bien un peu le rocher pour arriver à mettre la main ou le pied dessus. Mais rien à voir avec la découverte d'un bloc. Au lieu d'une voie à vue, je suis une voie tracée, intérieurement fléchée. Il faut revoir le dispositif expérimental.

Comme je connais tous les blocs du secteur, je lui demande de me désorienter puis de choisir un rocher à ma place.

Elle me fait faire plusieurs pirouettes, les yeux bandés, jusqu'à ce que je perde tous mes repères.

Elle attend que mon léger vertige passe. Puis elle met ma main sur son épaule et demande à Démon de nous tracer le chemin. Grâce à sa canne, elle fouille le sol pour prévenir les obstacles.

J'ai du mal à marcher. Entre les racines des arbres, la caillasse, les trous et les bosses, j'ai l'impression d'être sur un terrain miné, où le moindre faux pas peut se solder par une entorse. Je suis comme un vieillard qui conjure la chute à chaque pas. Ou comme un petit enfant à la démarche mal assurée, qui découvre l'inconnu. Après un temps qui me semble très long, j'entends le bruit de sa canne claquer contre de la pierre.

Elle s'arrête. Nous sommes arrivés. Où, je n'en ai aucune idée.

J'attends qu'elle place le *crash pad*. J'entends le bruit de sa canne contre le rocher, celui du matelas qu'elle fait glisser pour qu'il longe la paroi, le léger halètement de Démon. Mon ouïe est comme décuplée.

Quand tout est prêt, elle me conduit sur le matelas de réception, face à la voie.

Dès que je sens la pierre sous mes doigts, je me mets à chercher une prise. Je commence par chercher, comme d'habitude, une prise de pied. Mais mes orteils, à travers la semelle en caoutchouc, pourtant fine et sensible, ne me donnent pas assez d'informations sur la surface qu'ils parcourent. Pour y voir plus clair, je finis par utiliser mes mains, comme je l'ai vue faire.

Dès que je sens un gratton acceptable, je me hisse dessus. Mais je n'ai pas de prise de main pour enchaîner. Pour trouver mon équilibre sur cet unique appui, je colle instantanément mon corps au rocher, le maintenant bien aligné par rapport à la pointe de mon pied.

Je tâtonne tout au long de la voie. Comme elle, je caresse la pierre à la recherche d'un petit quelque chose auquel m'agripper, n'importe quoi, une faille, un trou, une bosse qui pourraient me porter. Je ne cherche pas à reconnaître mentalement le bloc dans lequel je suis engagé. Les souvenirs ont cédé la place aux automatismes.

Je sors de la voie très vite. Du moins, telle est mon impression. En réalité, je crois que j'étais tellement concentré que je n'ai pas vu le temps passer.

Cette escalade à l'aveugle me rappelle mes premières sensations de grimpeur. Comme quand j'étais gamin, tout mon être a été accaparé par mes gestes, et à l'écoute de la voie. Comme si ma vie se jouait à chaque prise. Une sensation qu'aujourd'hui je ne retrouve qu'exceptionnellement, quand les risques sont très élevés. La plupart du temps, je ne la ressens plus. Avec l'habitude, une distance s'est créée entre ma conscience, mon corps et la pierre. Je ne grimpe plus. Je me regarde grimper.

Cette escalade dans le noir est un retour à l'instinct des origines. C'est aussi une prise de conscience du travail accompli, de la technique emmagasinée, incorporée avec les années, transformée en automatismes. J'y retrouve ce plaisir d'un corps stratège qui pense et agit en même temps. Ce perpétuel déséquilibre déjoué, ces centres de gravité en déplacement, la recherche constante du placement parfait, au millimètre près, sont mes sensations préférées. Celles qui nourrissent ma passion pour les rochers.

Au sommet, comme elle ne peut pas me conduire en descente, je retire mon bandeau.

De retour sur la terre ferme, je regarde la voie. Je viens d'escalader un bloc de difficulté moyenne, mais que je n'ai jamais aimé, car d'allure austère. Grâce au bandeau, son austérité s'est transformée en réminiscence et en plaisir.

*

Son effort pour se mettre à ma place a créé un lien entre nous. Il me guide mieux dans les rochers suivants, me laissant faire le plus souvent, n'intervenant qu'en cas de nécessité.

J'ai plus confiance en lui, aussi. Il a fait un pas vers moi. J'en fais un autre vers lui. Au lieu de tester ses indications, de m'assurer qu'il a pris la mesure de mes difficultés, je le suis sans plus douter. Je deviens une apprentie disciplinée.

À la fin de la séance, Démon, qui est resté à l'écart de mon guide presque toute la matinée, s'assied à ses côtés pour m'attendre. À ce moment-là, je comprends que notre cordée est formée.

Sur le chemin du retour, il me demande pourquoi je l'ai appelé Démon.

« Ce n'est pas parce que c'est un diablotin, ou parce qu'il est méchant. Au contraire. Vous l'avez bien vu. C'est la meilleure des bêtes. J'ai choisi ce nom en pensant à Socrate. Il disait qu'une sorte de démon l'accompagnait, derrière son épaule, avec lequel il dialoguait sans cesse, comme une arrière-pensée. Démon, mon chien, c'est pareil. C'est mon alter ego, si vous voyez ce que je veux dire. »

*

Non, je ne vois pas ce qu'elle veut dire. En guise de réponse, je caresse le chien.

Pour la première fois, il me lèche la main.

*

De retour au gîte, je savoure ma fatigue.

Je repense aux blocs.

J'ai aimé cette escalade sans corde, sans baudrier, sans mousqueton. Une escalade pure. Légère. Aérienne. Sans outil. Sans piton planté à vif dans la roche. Sans la peur du risque et de la chute. Juste mon corps et la pierre. La quête du geste. L'attention réservée au placement. Une sensation inouïe de liberté et de communion avec les éléments.

Mes parents ne s'y étaient pas trompés. On ne peut que tomber amoureux quand on goûte à cette escalade libérée de tout sommet et de tout danger, où le corps danse avec la pierre pour son seul plaisir.

Je ressens autant de joie que de tristesse dans cette découverte. Je suis heureuse d'avoir éprouvé, à mon tour, la simplicité douce de cette escalade charnelle. Et d'avoir fait revivre en moi une histoire née avant ma naissance. Mais il n'en est que plus douloureux de savoir que ce recommencement est aussi une fin. L'alpha d'une passion et l'oméga de ma vue.

Qu'est-ce que ce cycle signifie ? Je suis venue à Chamonix pour faire le Grépon. Et je me retrouve à escalader des blocs, en débutante.

Et si le destin me disait que le temps est venu d'initier mon propre cycle ? Que je ne perds pas la vue, que je gagne plutôt la vie ? Dans cette existence nouvelle qui m'attend, toute proche, cette vie sans lumière, sans couleurs, sans perspective ni relief, je ne pourrai plus, comme avant, viser des sommets, m'engager, prendre des risques à des centaines de mètres de hauteur. Mais il me restera ce bonheur pur d'escalader à mains nues, sans artifice, un petit bout de rocher, pour la beauté du geste et l'amour du contact avec la pierre. La quintessence de l'escalade, en somme.

*

Il y a toute une mythologie de la cordée. Deux êtres qui unissent leur vie, le geste de l'un pouvant condamner l'autre. Ou le sauver. C'est comme un cordon ombilical qui se noue et parfois se coupe.

Il y a une hiérarchie. Le premier de cordée prend plus de risques. Mais les meilleures cordées sont complémentaires. Le premier sait que le second peut prendre le relais si nécessaire. Les décisions cruciales sont prises à deux.

C'est mon père qui m'a appris la montagne, comme mon grand-père la lui avait apprise. J'ai donc commencé par être son second, comme beaucoup de mes collègues guides. L'alpinisme est souvent une histoire de famille.

Quand nous avons commencé à grimper ensemble – j'avais une dizaine d'années –, je n'ai pas eu le sentiment que mon père et moi formions une cordée. Il y avait trop d'inégalités entre nous. C'était mon mentor, pas mon compagnon. S'il avait eu une défaillance, j'aurais été incapable de prendre sa place. Puis j'ai progressé techniquement. Mon corps et mes muscles se sont développés. La haute montagne m'est devenue plus familière. J'ai commencé à être un second acceptable, et non plus un simple apprenti. Mon père m'a alors formé pour que je devienne premier à mon tour. À chaque décision qu'il devait prendre, concernant la trajectoire, l'encordement, le matériel, il me demandait : « À ma place, qu'est-ce que tu ferais ? » Les premières fois, j'ai répondu sans réfléchir, croyant naïvement que la réponse allait de soi. Alors il a appris à analyser un terrain, à lire une voie, à y adapter les techniques de sécurité.

J'avais dix-sept ans lors de la course symbolique, celle où, pour la première fois, il m'a laissé grimper en tête. J'avais choisi la nord-est des Courtes. Avant la course, au refuge d'Argentière, j'étais pris entre l'excitation, la gêne et la tristesse. Il est dans l'ordre naturel des choses que le fils prenne la place du père. Mais je ne voyais pas de gaieté de cœur le mien entamer la descente de sa vie.

Cette course-là, nous avons formé, peut-être pour la première fois, une cordée. Nous avons grimpé ensemble, de conserve. J'étais en tête, physiquement. Mais en réalité, j'ai gagné mes galons de pair. Nous étions sur un pied d'égalité.

Cette course m'a galvanisé. J'étais persuadé que dorénavant le monde s'ouvrait à nous, un monde de sommets élevés, de faces sauvages et engagées. Mais il a refusé. Il s'est retiré. Il m'avait transmis l'essentiel de ce qu'il savait. Le reste, je devais l'apprendre par moi-même. Le temps était venu que je trace ma route sans lui.

Cela s'est fait tout seul. L'un de mes anciens amis de lycée, Christophe, voulait préparer, comme moi, les épreuves d'aspirant guide. Il cherchait un compagnon pour sa liste de courses. Nous avions le même âge. Nous avions à peu près le même niveau. Nous étions tous les deux fils, petits-fils et arrière-petits-fils de guide. Et nous avions le même objectif, devenir guides de haute montagne à notre tour.

Ensemble, nous avons pris notre destin en main, également avides d'adrénaline, de dépassement de soi et d'aventure. Ensemble, nous avons fait nos plus belles courses, d'autant plus belles que nous ne les devions qu'à nous. Dans les voies de rocher, je grimpais en tête. Dans les courses de neige, Christophe était premier de cordée. Quand les courses étaient longues, nous grimpions en réversible, pour gagner du temps.

Nous nous sommes amusés à grimper, dans l'ordre, *Les 100 Plus Belles Courses du massif du Mont-Blanc* de Rébuffat. À une exception près, la face sud de l'aiguille du Midi. Nous l'avons choisie comme première course, en hommage au grand homme dont nous avions décidé de suivre les pas. Nous en avons aussi sauté quelques-unes, les plus faciles, que nous avions déjà faites gamins, ou celles qui ne nous faisaient pas envie. Nous nous sommes concentrés sur les grandes classiques et les plus ardues.

Il nous a fallu trois tentatives pour venir à bout du couloir Couturier de l'aiguille Verte. La première fois, la neige tombée pendant la nuit nous arrivait jusqu'aux cuisses. Nous avions pris tellement de retard dans la marche d'approche que nous avons renoncé à la rimaye. La deuxième fois, à l'attaque du couloir, nous sommes tombés sur une glace si dure qu'il était presque impossible de cramponner, du moins avec la célérité requise. La troisième fois fut la bonne. Elle fut fêtée au champagne.

Nous parvenions toujours plus ou moins à tenir les horaires de Rébuffat. Du moins, c'était notre objectif. La seule exception notable fut l'éperon Walker des Grandes Jorasses. Nous étions pourtant en forme, assez pour être convaincus de pouvoir le faire dans la journée. Mais nous avons fait des erreurs d'itinéraire, qui nous ont beaucoup retardés. La pression de l'engagement nous a aussi fatigués plus que nous nous y attendions. Nous avons dû dormir dans la voie.

Cela nous a servi de leçon. Nous avons été plus prudents pour l'arête de Peuterey du mont Blanc, bien plus longue et à l'itinéraire délicat. Nous avions choisi de la faire en trois jours, avec un premier bivouac au sommet de la Noire, et un second au col de Peuterey. Ce fut magique. C'est cette course qui m'a donné envie de me lancer dans des entreprises plus longues.

Mon plus beau souvenir est la directe américaine des Drus. Une escalade pure, athlétique, sauvage et engagée. Ce jour-là, j'ai réalisé un rêve que je croyais inaccessible. Je me suis senti fort comme jamais. Le pilier central du Freney a achevé en beauté notre parcours. Nous avions fait le Mont-Blanc par toutes ses faces et ses couloirs. Nous étions prêts à intégrer la compagnie des guides de Chamonix.

À l'École nationale de ski et d'alpinisme, nous avons pris, Christophe et moi, des chemins différents. Lui a cherché à se faire un nom en ouvrant de nouvelles voies ou en enchaînant en solo les sommets. Moi, j'ai surtout voulu me faire plaisir. Je me suis lancé dans des expéditions internationales, l'une à l'Alpamayo, au Pérou, l'autre au Gasherbrum IV, dans l'Himalaya. C'étaient de vraies courses de fond, surtout pour trouver des sponsors. Je les ai réalisées avec de nouveaux compagnons de cordée, François et Emmanuel. Il y avait moins de passion et d'intimité entre nous. C'était, au début du moins, plus professionnel. Mais le respect, la confiance et la reconnaissance étaient là, qui se sont transformés finalement en amitié.

Tout a changé quand je suis devenu guide. L'entrée dans le métier m'a déprimé. On ne forme pas une cordée avec un client. Le client, on doit le protéger et le servir, faire en sorte qu'il soit content et ait envie de revenir. On ne grimpe pas avec lui. On grimpe pour lui. Or je ne prenais aucun plaisir à être le serviteur paternaliste de bourgeois urbains en mal d'aventures. J'enchaînais les Mont-Blanc comme un animal domestique forcé de suivre les caprices de son maître pour avoir sa pâtée.

Ma déprime s'est accentuée à la mort de Christophe, qui dévissa dans l'éperon de la Brenva. Avec lui, c'étaient mes plus belles années d'alpiniste qui partaient. La fin de la plus belle cordée de ma vie. Je n'ai jamais retrouvé l'énergie, les poussées d'adrénaline, la soif de sommets, l'envie de dépasser ses limites que nous avions partagées, lui et moi.

Pour faire mon deuil, je me suis appuyé sur celle qui allait devenir ma femme, et la mère de mes enfants. Elle m'a redonné goût à la vie. Mais elle ne m'a pas redonné goût à l'engagement en haute montagne. Être avec elle, fonder une famille, c'était au contraire renoncer encore un peu plus à la prise de risques. La paternité m'a aidé en revanche à me réconcilier avec mon métier de guide. Les exploits égoïstes ont laissé la place à un désir de transmission. Je suis devenu un guide planqué, mais pédagogue.

Je me suis davantage intéressé à mes clients, aussi. Aujourd'hui encore, j'aime analyser les motifs avoués et les désirs inconscients qui les conduisent en montagne. Je sais rapidement à qui j'ai affaire. Le plus souvent avant même qu'il ait enfilé son baudrier, je distingue celui qui veut prouver à son père qu'il est un homme, le dépressif refoulé à la recherche d'une autodestruction noble et tragique, l'adulte enfant qui prend ses désirs pour des réalités, l'angoissé qui veut conjurer sa peur de la vieillesse et de la mort, le client à l'ego démesuré, le riche qui s'ennuie, l'impuissant en mal de virilité, le fils qui accomplit son devoir en suivant les pas d'un aïeul… c'est un peu la comédie humaine qui débarque au gîte pour y saisir ma corde.

Les clientes femmes, presque inexistantes au début de ma carrière, sont plus nombreuses depuis quelques années. Elles restent pour moi encore un peu mystérieuses. La majorité d'entre elles sont des filles à papa, qui continuent, symboliquement, à le suivre en haute montagne. Ces femmes-là ont du mal à passer en tête. Certaines n'y ont même jamais pensé. Quelques-unes viennent au contraire pour couper le cordon. Elles prennent beaucoup de risques, rarement mesurés, et sont d'un féminisme pénible, souvent agressif. D'autres règlent leurs problèmes de maternité par la montagne. Il paraît que, pour Freud, la grossesse est un substitut du pénis. Alors pourquoi pas un sommet, qui a tous les attributs d'un substitut phallique ?

Elle, l'aveugle, je ne sais pas pourquoi elle est là.

*

Le lendemain, nous ne retournons pas faire du bloc. Nous passons à l'étape suivante, l'école d'escalade. Il en choisit une que je ne connais pas, près de Vallorcine.

Aux pieds des voies, pendant qu'il prépare la corde, les dégaines, les baudriers, les chaussons, il me décrit ce qui m'attend, des voies de deux ou trois longueurs, de difficulté moyenne, avec quelques passages techniques, surtout des dièdres et des fissures.

J'aurais préféré qu'il ne dise rien. La projection des difficultés à venir augmente d'un coup mon rythme cardiaque. J'ai peur de ne pas être à la hauteur.

La concentration remplace vite cette peur née de l'imagination. Je dois m'encorder. Il me tend le bout de la corde. Je sais qu'il vérifie comment je fais mon nœud en huit. Résultat, je suis maladroite. Je finis avec un nœud d'arrêt, qui me vaut un « parfait ».

Nous accordons ensuite nos violons. Comme je ne peux pas anticiper ses mouvements ni ses arrêts, il me demande de laisser la corde pas trop tendue. S'il a besoin de plus de mou, il secouera la corde. Il m'assurera par le haut, en sortie de voie. Je dois partir quand la corde se tendra. Si j'ai besoin de mou, je dois secouer la corde à mon tour.

J'ai fait cet exercice des centaines de fois, voyante et malvoyante. Pourtant, j'ai les mains moites et le cœur battant quand nous nous plaçons au départ de la voie. Sa présence change tout. Je ne dois pas seulement grimper. Je dois aussi faire mes preuves. J'ai le trac comme une artiste qui entre en scène.

Il attaque la voie.

Comme toujours, l'action jugule l'émotion. Je suis les mouvements de la corde comme l'aiguille d'un polygraphe. Elle ne fait pas d'à-coups. Son ascension est régulière. Il ne s'arrête presque pas aux points de relais, juste le temps nécessaire pour placer soigneusement ses mousquetons. Quand la corde arrête de glisser entre mes mains, je comprends qu'il est arrivé au sommet. Vaché, il ravale la corde jusqu'à ce qu'elle tire sur mon baudrier.

À moi de jouer.

Je prends mon temps. D'abord, parce que le trac me fait perdre mes moyens. Mais aussi parce que je veux m'appliquer. Et profiter de ces sensations retrouvées, celle de la corde qui tire, du granit, de l'élévation. Je ne vois pas la hauteur, le vide. Je ne suis pas même certaine de les sentir. Ou si peu. Mais j'en ai l'impression, une impression composée d'images, de souvenirs, de l'empreinte de l'air, de la tension de la corde sur mes côtes, de la contraction des muscles de mes bras et de mes jambes, du cliquetis des mousquetons.

Voyante, j'étais timorée. Mes émotions prenaient facilement le dessus. Elles étaient le principal obstacle à ma progression. J'avais peur de faire un geste fatal, peur d'une rupture de la corde, du vide, d'un piton rouillé, d'une prise qui lâche, de la paroi qui se raidit.

Grimper était une lutte constante contre mon imagination et ma peur.

Ma cécité a changé la donne. Ma vie quotidienne, où beaucoup d'informations ne me parviennent plus, où je ne peux plus anticiper, où ma gaucherie est permanente, m'effraie à présent plus qu'une voie d'escalade. Le risque est devenu mon quotidien. Chaque jour, je dois apprendre à maîtriser mes craintes, à m'en remettre à ma seule raison. Une voie d'escalade, qui repose sur peu de facteurs – un rocher, une corde, mon corps –, est finalement plus rassurante qu'une marche en ville. Je n'imagine plus le pire quand je grimpe. Je grimpe. Le vide est un souvenir. L'inclinaison de la paroi, un problème posé à mon corps. La corde, mon bâton d'aveugle.

Cette voie-là est plutôt facile.

Au sommet, je suis contente de moi. Il me félicite. Au son de sa voix, je comprends qu'il est surtout soulagé.

Je lui demande de me tenir moins serrée, à l'avenir. J'ai besoin d'un peu plus de mou pour pouvoir caresser le rocher dans tous les sens à la recherche des prises.

Il ne nous reste plus qu'à descendre.

*

L'exercice que je redoute le plus, c'est la descente en rappel. Comment va-t-elle savoir que le rappel est terminé ? Comment lui dire d'arrêter sa descente si je ne vois pas moi-même, depuis le haut, le point d'arrivée ? En aval, sa sécurité est assurée grâce au *shunt* autobloquant. Mais je crains qu'à l'arrivée, elle ne tombe sur le sol, à défaut de l'avoir anticipé. Ou qu'elle dépasse le point de relais quand il nous faudra, en haute montagne, enchaîner les rappels.

Mes questions se révèlent purement théoriques. Elles disparaissent dès qu'elles sont confrontées à sa pratique. Elle sait reconnaître la fin d'un rappel en restant bien assise, ses pieds en dessous de son bassin. Ce sont donc ses pieds qui anticipent ce qui l'attend. Et pour atteindre un point de relais précis au milieu d'une longue descente, elle s'aide en comptant les mètres avalés.

Nous enchaînons plusieurs voies et rappels. Sans difficulté particulière. Avec plaisir, même.

Nous sommes prêts pour l'ascension. Je lui laisse une journée de repos. Nous nous donnons rendez-vous le surlendemain, à midi, pour le départ à Chamonix.

*

La veille du grand jour, nous prenons notre temps, Démon et moi.

Après un petit déjeuner tardif et copieux, nous descendons à pied la route en lacets, jusqu'à la gare des

Houches, où nous attendons le petit train qui remonte la vallée. Il nous conduit à Argentière, notre terminus.

Il m'est très difficile de me repérer. Il n'y a pas de correspondances entre mes souvenirs et les formes plus ou moins grises ou lumineuses que j'entrevois aujourd'hui. Je n'ai pas seulement perdu mes repères spatiaux et sensoriels, mais aussi émotionnels. Pour l'enfant que j'étais, Argentière semblait un monde. Trente ans après, je me demande pourquoi je suis là, ce que je suis venue chercher dans cette bourgade.

Je m'installe à la terrasse d'un café. Démon n'a pas envie de rester assis. Je le détache pour qu'il découvre les lieux à sa guise. En sirotant un panaché, je me laisse aller à mes souvenirs. Ces souvenirs sont couleur sépia. La douce couleur de l'enfance.

Tous les juillets, mes parents partaient faire de la montagne à Argentière. Ils y retrouvaient leurs amis, Robi, qui soudait à plus de cinquante degrés des turbines pour Alstom, Badette, Evelyne, l'enseignante du groupe, Pierre, Alain, Christian, Georges et tous les autres. Ils formaient une joyeuse équipe, qui avait l'art de conjuguer le sérieux de l'engagement en haute montagne avec les plaisirs des bons vivants.

À l'arrivée, nous montions le camp. Nous faisions du camping sauvage. On choisissait une belle prairie, près d'un torrent. Puis on montait les tentes. Ce n'était pas du tout la chienlit. C'était au contraire très organisé.

Les tentes étaient montées en cercle, de façon que chaque famille ait son intimité, mais qu'il y ait aussi une place commune, où l'on pouvait tous se retrouver. Les tentes montées, les hommes partaient faire un trou au loin, en guise de toilettes, que l'on rebouchait à notre départ. Pendant ce temps, les femmes organisaient le couchage et les cuisines.

Cela ne serait plus possible aujourd'hui. Le camping sauvage est désormais interdit. Nous ne respections pas non plus les normes sanitaires et de sécurité à présent en vigueur. Pourtant, il n'y avait pas plus sains ni plus respectueux des autres et de l'environnement que ces hommes-là.

Avant chaque course, les grimpeurs, hommes et femmes, partaient voir le baromètre. Quand l'aiguille montait, ils revenaient avec le sourire au camp. La météo était bonne. Ils pouvaient partir. Quand l'aiguille descendait, ils faisaient grise mine. En attendant des jours meilleurs, ils jouaient avec les enfants.

Ce rituel-là n'existe plus. Il a été remplacé par les prévisions météo. Nous y avons gagné en fiabilité. Mais nous y avons perdu notre sens de l'observation des nuages et autres signes venus du ciel.

Avant chaque départ, mon père préparait consciencieusement son matériel. Et relisait son guide Vallot. Il était toujours premier de cordée. Il devait assurer. Il était tendu. Il ne fallait pas le déranger.

Quand tout le monde était prêt, venait l'heure des adieux. Mon père embrassait tendrement ma mère, qui lui demandait de faire bien attention à lui. Puis il nous prenait dans ses bras, en nous disant d'être gentils avec elle. Ma mère avait toujours peur que mon père ne revienne pas. Mais elle nous cachait son angoisse.

Quand les grimpeurs étaient partis, une vie de liberté et d'insouciance commençait pour nous, les enfants. Nous partions construire des cabanes au bord du torrent, celui où on se lavait, nous grimpions aux arbres, nous chassions les vipères, nous tentions d'apprivoiser des marmottes, nous courions dans les herbes folles. Nous vivions des aventures que mes enfants n'ont pas pu connaître.

Quand mon père rentrait avec les autres, il avait un sourire radieux. Il nous embrassait avec chaleur. Il riait. Il était heureux comme il ne l'était jamais pendant l'année.

Le soir, nous dînions tous ensemble. Ceux qui étaient partis racontaient leurs péripéties en mangeant avec appétit. Ceux qui étaient restés les écoutaient avec admiration et envie. Quand ils étaient rassasiés et avaient bien bu, nous riions tous ensemble, d'une gaieté franche.

Un jour, la peur de ma mère se réalisa. Mon père n'était pas dans la voiture du retour avec les autres. Elle cria. Je me mis à pleurer. Les amis nous rassurèrent. Il était aux urgences. Ce n'était pas très grave. Une pierre lui était tombée sur le coude.

Nous sommes allés le voir à l'hôpital. Il partageait sa chambre avec un autre alpiniste accidenté dont le compagnon de cordée était mort. Amputé d'un ami, celui-ci se consolait en écoutant en boucle « Summertime » par Janis Joplin. C'est ainsi que Janis Joplin intégra la discothèque de mon père.

Cet accident n'entama pas son moral. L'année suivante, il était au contraire décidé comme jamais.

Alors que je revois cette chambre d'hôpital, je sens Démon me lécher les pieds. C'est le signe que je dois quitter mes pensées et revenir à lui.

Nous longeons tous les deux la route en direction du col des Montets. Sur le parking du téléphérique de Charamillon, j'entends les derniers préparatifs des grimpeurs qui montent au refuge Albert Ier. C'est alors seulement que je pense au lendemain. Une appréhension vivifiante me saisit.

Nous faisons demi-tour. Retour au gîte de La Tempérance. *Sous le regard attentif de Démon, je prépare méthodiquement mon matériel. J'examine les semelles et les lacets des chaussures, je chausse les crampons, protège mon piolet, vérifie le mousqueton à vis du baudrier, choisis avec soin mes vêtements. Je remplis mon sac comme on me l'a appris, le plus lourd et le moins utilisé en bas. Pour finir, je remplis de croquettes le sac ventral de Démon, qu'il portera lui-même.*

Comme je m'y attendais, je n'arrive pas à dormir. Au lieu d'une nuit réparatrice, mon esprit me sert tous les accidents possibles, selon des scenarii *de son cru. Je passe la nuit à chuter, m'écraser, penduler, tétaniser, crier, voler dans un demi-sommeil peu réparateur.*

Au réveil, Démon est étonnamment calme, presque câlin. Moi, je suis résignée. Cela fait déjà plusieurs heures que j'ai inconsciemment accepté le mauvais sort auquel j'ai passé la nuit à me condamner. Soumise, j'enchaîne en automate toute la procédure gestuelle du réveil, des préparatifs et du départ.

Ma conscience s'éveille à l'entrée dans Chamonix, sous l'effet du bruit, et de la chaleur étouffante et collante. Je retrouve avec plaisir l'ambiance unique du téléphérique de l'aiguille du Midi. Ce mélange d'excitation, de nervosité, de gaieté, d'appréhension et de forfanterie. Des cordées d'alpinistes tout beaux, tout frais, pleins de rêves de conquête, y côtoient les touristes les plus empâtés, équipés d'appareils photo, de baskets et de doudounes. Ils regardent avec admiration ou curiosité les alpinistes. Ceux-ci crânent, inconsciemment ou volontairement, face à ce public tout acquis à leur cause, qu'ils ne croisent qu'au départ et à l'arrivée. Quand les touristes seront derrière eux quand ils seront au cœur de la montagne, il n'y aura plus personne pour les voir, en dehors de leur compagnon de cordée et de leur conscience.

Avant, ce théâtre, je l'observais à travers les poses, les mimiques, les regards, les vêtements, les gestes de politesse révérencieuse ou d'indifférence hautaine des deux parties. Aujourd'hui, trente ans après, je comprends, en écoutant cette fois les conversations, que le jeu de rôle est resté le même. Je perçois les mots dits un peu trop fort, pour que le voisin entende la voie vers laquelle on s'engage et dont on est fier, les phrases futiles, dites à toute vitesse, pour cacher son anxiété, un ton faussement dégagé pour montrer que l'on est un vieux de la vieille, un alpiniste expérimenté, les chuchotements des touristes impressionnés, « Dis, tu crois qu'on aurait dû prendre des crampons, nous aussi ? — Ça pèse combien, leurs sacs, tu crois ? »

« Dis, papa, t'as vu ? Une aveugle ! Elle a un piolet et des crampons ! Elle va grimper, elle aussi ?

— Ça m'étonnerait. Je ne vois pas comment. Mais bon, tu sais, les gens, parfois, ils sont prêts à tout pour se sentir exister, se faire remarquer. Ou être comme les autres. J'aimerais pas être à la place de son guide. N'importe quoi. »

Et s'il avait raison ? Si j'étais en train de faire une grave erreur ? De m'embarquer dans une entreprise irréalisable et dangereuse ?

Je rentre dans la télécabine la boule au ventre. J'ai peur. Je me sens très seule, aussi.

Quand nous descendons, au plan de l'Aiguille, ma peur a disparu. Elle est partie avec les cris des touristes aux passages des pylônes, qui font tanguer la cabine. Ces expressions enfantines, comme sur un manège, m'ont toujours fait sourire.

Au départ de la marche d'approche, je suis déterminée. J'irai aussi loin que je le pourrai.

*

La difficulté principale de la traversée Charmoz-Grépon est l'itinéraire. Il faut s'adapter à des terrains variés, glacier, moraine, éboulis, serpenter entre les dièdres, les fissures et les cheminées, alterner en permanence escalade et descente en rappel. Ces difficultés vont être décuplées pour nous. C'est pourquoi j'ai prévu de la faire en trois jours, au lieu des une ou deux journées habituelles.

La première journée est une mise en jambes. Nous prenons le sentier du grand balcon qui rejoint le Montenvers. C'est plus long qu'en traversant le glacier de Blaitière, mais plus facile. Le sentier est bien tracé, large et très peu accidenté.

Grâce à sa canne, à Démon et à son expérience, elle parvient à tenir un petit rythme de bon augure.

Juste avant la bergerie de Blaitière, nous bifurquons vers les aiguilles, en empruntant la sente qui monte rejoindre la moraine du glacier des Nantillons. Nous ralentissons beaucoup. Elle ne peut anticiper aucun pas, entre ces grosses pierres anarchiques et peu stables. Elle doit à chaque fois repérer le terrain avant d'y mettre le pied.

Nous avançons comme des escargots. Mon moral en prend un coup. Nous ne sommes qu'au début de la marche d'approche. Les difficultés sont devant nous. À ce rythme, il nous faudra non pas trois jours, mais une semaine ! Je comprends que cette aventure va être pour moi une question de patience. Cela n'a jamais été mon fort. Comment faire ?

Que signifie « prendre son mal en patience » ? Accepter sa présence. L'accueillir, au lieu de lutter ou de fuir. Lui laisser le temps de s'exprimer, de se transformer, et de disparaître. Mais de quel mal est-il ici question ? Je peine à être dans la lenteur, l'attente, l'inaction. Si je prends mon impatience en patience, en quoi se transformera-t-elle ?

En contemplation.

Je la regarde peser chacun de ses pas. J'y vois l'incarnation du courage et de la ténacité. J'y vois aussi la maladresse, la personnification de nos efforts tâtonnants vers un avenir obscur, incertain.

J'observe les mouvements de sa canne autour des pierres, comment elle les fait sonner. Ces pierres que je ne regarde jamais, que seuls mes pieds, et non ma conscience, observent. La variété de leurs formes me frappe. Tous les angles, toutes les faces sont possibles.

Si elle n'avait pas déjà marché, voyante, sur de tels pierriers, si elle avait été aveugle née, il lui aurait fallu bien plus de temps pour savoir où et comment poser le pied. Grâce à son expérience, elle se contente de peu d'informations, la hauteur de la pierre, la forme d'une face, pour savoir comment caler ses jambes.

Je regarde la barre des Aiguilles, si majestueuses. D'habitude, je ne les admire pas. Je ne fais que repérer les itinéraires, anticiper l'état de la neige, les chutes de pierres.

Pendant que je les regarde, pour rien, elle fait son chemin.

Nous arrivons à l'endroit du bivouac.

*

Je découvre avec ma canne l'emplacement prévu pour nos sacs de couchage. C'est un rectangle bordé et tapissé de pierres. Le sol est plat. Grâce à la bordure pierreuse, nous sommes protégés du vent.

J'entends le bruit d'une source toute proche. C'est un son grave, clair et puissant. L'eau doit être abondante. De l'air frais arrive de l'amont, probablement du glacier.

« Et si on buvait un thé ?

— Bonne idée ! »

Pendant qu'il sort le réchaud, je donne à boire et à manger à Démon. Je le sens un peu perdu. Retrouver sa gamelle le calme et le rassure. Comme lui, je me sens plus posée quand arrive la tasse de thé qui me réchauffe les mains.

« Merci pour le thé !

— You're welcome. »

Pendant qu'il prépare le repas, je m'occupe du couchage. J'essaie de trouver les emplacements les plus confortables pour nos deux matelas. Puis il m'aide à m'asseoir sur une pierre pour déguster en sa compagnie une soupe lyophilisée et des nouilles chinoises.

« Je ne me rappelle pas de cet endroit, ni du sentier. Dans mon souvenir, la marche d'approche se faisait sur la neige.

— Nous n'avons pas pris la voie normale, celle qui traverse le glacier de Blaitière.

— Pourquoi ? C'est plus facile pour moi de marcher dans la neige, pourtant.

— Parce que le glacier a beaucoup fondu. À la place, il y a un pierrier difficile à traverser, qui aurait ralenti et compliqué la marche d'approche. Il valait mieux faire un détour, certes plus long, mais par un sentier bien tracé.

— Les montagnes ont beaucoup changé ?

— Oui, beaucoup. C'est impressionnant. Tous les glaciers se sont rétractés, certains ont même disparu. Il y a des voies qu'on ne peut plus faire, elles sont devenues trop dangereuses, les chutes de pierres y sont incessantes.

D'autres deviennent très difficiles d'accès. Certaines ont tout bonnement disparu. Ce n'est plus le même paysage, ni la même ambiance. Tout change sous nos yeux, d'année en année.

— Vous vous souvenez du moment où vous en avez pris conscience ? Ou cela s'est fait petit à petit ?

— Un peu des deux. Il y a eu d'abord un événement brutal, le jour où le pilier Bonatti des Drus s'est effondré. C'était l'été où ma fille est née. Je l'avais escaladé avant d'être guide, avec un ami. Ce jour-là, c'est comme si une partie de moi avait disparu. On était tous en état de choc. Finie, la voie mythique de Bonatti. Quand on est alpiniste, on sait qu'on peut perdre des amis. Mais jusqu'à l'éboulement de 2005, nous pensions que les montagnes, elles, ne pouvaient pas disparaître. C'est cette croyance-là, celle des neiges éternelles qu'on nous avait apprise à l'école, qui s'est avérée être une illusion. Après ça, je suis devenu attentif aux effets du réchauffement climatique. Depuis, j'observe, impuissant, les dégâts qui ne cessent de se creuser, irrémédiablement.

— Finalement, la nature aussi a une histoire.

— Oui. Tout à fait. D'ailleurs, aujourd'hui, je me dis que je fais un métier en voie de disparition. Dans quelques générations, pour comprendre ce qu'était l'alpinisme, il faudra regarder des photos. Plus personne n'ira cramponner dans les Alpes, comme nous le faisons encore. Nous sommes les derniers représentants de la race alpine.

— Méfiez-vous, il n'y a pas que le réchauffement climatique. Il y a aussi les progrès de la génétique. Des sabots de bouquetin risquent de nous pousser aux pieds ! »

Nous rions de bon cœur.

Nous nous couchons à la nuit tombée, pour tenter de glaner quelques heures de sommeil.

Allongée, je regrette amèrement de ne pas voir la nuit étoilée. À la place, des images du Grépon, tel qu'il était quand je l'ai gravi il y a une trentaine d'années, me reviennent. Je comprends alors que, grâce à ma cécité, je ne verrai jamais ces montagnes vieillir. Elles resteront pour moi des neiges éternelles et de fières aiguilles, à jamais figées dans mon souvenir.

Je m'endors sur cette pensée, Démon blotti à mes côtés.

*

Je la réveille à deux heures du matin. Pendant que je prépare le café, elle fait son sac. Nous laissons sur place nos matelas et quelques bricoles. Et Démon, qui veillera sur nos affaires.

Afin de faire comprendre à Démon qu'il ne doit pas la suivre, elle laisse sa canne blanche. À la vue de cette canne plantée au sol, des bols d'eau et de croquettes, et à la demande de sa maîtresse de rester assis, il comprend qu'il ne doit plus être un chien guide, mais un chien de garde. Ils se disent au revoir avec tendresse. Démon fait ce qu'elle attend de lui. Il reste immobile, au camp de base, en la regardant partir. Dorénavant, je suis son unique guide.

Pour rejoindre le glacier, j'utilise une nouvelle technique de guidage. Elle saisit une lanière de mon sac pour marcher derrière moi. De l'autre main, elle tient un bâton.

À l'arrivée au glacier des Nantillons, nous nous encordons. J'accélère le pas pour éviter d'éventuelles chutes de pierres. Elle arrive à suivre le rythme. Une crevasse nous oblige à un long détour. Nous devons rester rive gauche, ce qui nous expose à un énorme sérac dont une tour se décolle. Je dois donc accélérer encore un peu plus le pas. Je la préviens du danger et de la nécessité d'aller vite. Elle s'accroche.

Nous attaquons le rognon, qui est une succession de gradins rocheux. D'habitude, je le grimpe avec mes crampons. Mais là, je préfère qu'elle les enlève, pour gagner en stabilité. Elle me suit à son allure, à laquelle je commence à m'habituer. J'aime bien ce passage. Je le trouve amusant. Une petite bosse en rocher au milieu de la neige.

Nous revenons sur le glacier, rechaussons nos crampons et traversons dès que possible vers la rive droite, afin de rejoindre la rimaye. Elle est un peu ouverte. Elle serait facile à passer pour une voyante. Mais là, je suis obligé de planter un relais pour l'assurer en amont. Elle repère le point d'arrivée avec son piolet. Je la tiens bien serrée, je la tire presque, pour l'aider à franchir la crevasse.

Quand nous arrivons aux terrasses au pied du couloir Charmoz-Grépon, nous retirons nos crampons et rangeons nos piolets. Je change l'encordement. Elle ne peut plus tenir la lanière de mon sac, trop courte. Mais nous devons rester très proches l'un de l'autre, car elle ne peut repérer d'elle-même l'itinéraire. Je crée donc un système de renvoi avec la corde, pour faire varier la longueur en fonction des nécessités du terrain.

La rampe rocheuse que nous devons escalader commence par de mauvais rochers sablonneux, qui roulent sous les pieds. Je lui décris le terrain. Elle s'aide de son bâton, parfois même de ses mains, pour ne pas glisser.

Nous débouchons sur des gradins, où nous trouvons enfin un bon granit, franc et solide. L'escalade est facile, mais les sinuosités de l'itinéraire nous font perdre beaucoup de temps. Je dois accompagner chacun de ses pas. Elle tâtonne plus qu'elle ne grimpe. Toujours avec concentration et persévérance.

Nous contournons un éperon pour nous retrouver au pied d'une succession de dièdres et de cheminées. L'escalade y est plus raide et difficile. À l'arrivée à la fissure Burgener, nous mettons nos chaussons, bien que cette cheminée soit tapissée, par endroits, de glace. Je la sens alors plus l'aise. Elle retrouve les sensations de grimpe auxquelles elle est habituée. Même si elle progresse très lentement. Pour la sortie dans une boîte aux lettres, une sorte de fente entre les rochers, je lui décris l'espace dans lequel elle doit se glisser. Elle tâte les parois latérales pour se repérer.

La brèche franchie, l'ambiance change complètement. Nous devons désormais suivre un parcours d'arêtes. C'est le passage que je redoute le plus. Il nous faut contourner des gendarmes et faire des petits rappels pour rejoindre des brèches. Nous serons souvent sur des versants différents, et je pourrai difficilement l'orienter.

Nous faisons une pause. Je souffle un bon coup. Nous buvons quelques gorgées d'eau et mangeons des dattes, pour nous redonner des forces.

*

Le réveil est difficile. J'ai mal dormi. Je reprends des forces en buvant une tasse de café bien chaud. Puis je me secoue pour préparer le départ.

Laisser Démon au camp de base n'est pas facile. J'ai peur qu'il se sente abandonné et qu'il soit perdu. Même si je l'ai dressé à m'attendre en lui laissant ma canne blanche comme signal, je ne l'ai jamais laissé aussi longtemps seul. Qui plus est, dans un lieu inconnu et inhospitalier. Nous devons l'un et l'autre nous faire confiance.

Je pars sans me retourner. Pour qu'il comprenne bien qu'il doit rester là. Je n'ai dorénavant plus qu'un seul guide. Je me tiens à une lanière de son sac en guise de laisse.

Quand on attaque une course au milieu de la nuit, l'effort est plus facile. On ne se rend pas compte des mètres avalés. Le corps est encore frais. Cela se vérifie de nouveau cette nuit. J'arrive à suivre son pas, même quand il me demande d'accélérer.

Je m'oriente beaucoup grâce à mon ouïe. J'entends le crissement de ses crampons dans la neige. Je suis le son de ses pas. Je cale mon souffle sur le sien. J'entends distinctement sa respiration, le rythme de sa marche scandée par le son de son piolet planté dans la neige, comme un air de batterie.

L'air froid me vivifie. J'aime marcher sur ce glacier. Je n'ai pas à craindre d'obstacles, d'incidents de parcours. Mes crampons m'offrent une stabilité, une assurance que je n'ai pas quand je parcours la vallée. J'aimerais que ce glacier ne s'arrête jamais, avancer toujours ainsi.

Il s'arrête au pied d'un rognon rocheux. Je ne me souviens pas de ce passage. Il me dit que c'est juste une bosse, que nous retrouverons le glacier bientôt. Pour la gravir, je dois effectuer une sorte de marche athlétique sur de gros rochers, ou de la grimpe facile. Ce rognon introduit de la nouveauté par rapport à l'uniformité de la marche glacière. Je m'y laisse conduire en essayant de perdre le moins de temps possible.

Je suis heureuse de retrouver ensuite la neige. J'y reprends mon souffle et mes appuis prévisibles.

Je le sens tendu quand nous arrivons à la rimaye. Pourtant, il me dit qu'elle est facile à traverser, qu'il n'y a qu'un demi-mètre à enjamber. Je n'ai pas peur. J'ai confiance en lui. Il me suffit d'ailleurs de tendre le bras pour planter mon piolet sur l'autre rive.

Je me lance en imaginant un grand trou noir qui me nargue. Il ne m'aura pas, j'en fais le serment. Je me rétablis de l'autre côté sans trop d'encombre. J'ai gagné !

Quand nous quittons le glacier et attaquons le couloir Charmoz-Grépon, c'est une autre paire de manches. Je n'ai jamais aimé marcher dans ces coulées de pierres, où le pied n'accroche rien, où l'équilibre est précaire. Par bonheur, ce n'est pas plus désagréable d'y grimper sans pouvoir reconnaître le terrain. Plutôt que d'essayer de repérer visuellement un point d'appui, je me concentre sur mon équilibre interne. Je pose délicatement le pied, puis je cherche immédiatement à placer mon centre de gravité pour me stabiliser. Quand la pente est trop raide, je m'aide de mes mains, ou du bâton pour avoir un appui supplémentaire.

J'avance très lentement, littéralement pas à pas. Mais j'évite ainsi les glissades qui me feraient perdre encore plus de temps.

Le terrain change à nouveau. Fini les cailloux qui roulent sous les chaussures. Le rocher devient franc. Je suis soulagée de retrouver cette pierre d'un seul tenant, sans arrière-fond, directe. Après la marche sur le glacier, puis la montée dans le pierrier, l'escalade commence enfin. Même si nous gardons encore un moment nos chaussures de montagne, et que le parcours est aérien et engagé, ce sont mes sensations préférées. Des sensations simples, sans ambiguïtés. Mes mains, mes pieds, le rocher. That's all.

La vraie difficulté commence. Celle de l'itinéraire. Le Grépon est réputé pour être un labyrinthe, où seuls les alpinistes aguerris trouvent leur chemin. C'est un dédale de dièdres, de dalles et de cheminées, où l'on change souvent de versant, par des traversées, des boîtes aux lettres ou de courtes descentes en rappel.

Mon fil d'Ariane pour en sortir n'est pas la corde, mais sa voix. Comme les marins cherchent d'où vient le vent pour ajuster leurs voiles, j'écoute d'où elle arrive pour savoir dans quelle direction chercher les prises.

Nous progressons ainsi au gré de son timbre et de la réponse de mes muscles.

Lento ma non troppo.

*

Pour attaquer le parcours d'arêtes qui se dresse devant nous, nous devons contourner un premier gendarme. Avant que je m'élance, elle me demande de lui parler pendant que je grimpe, afin de suivre la ligne de ma voix.

Je lui décris chacun de mes faits et gestes. « Il y a d'abord une petite dalle. Les prises sont faciles à trouver. Premier pas, pied droit, main gauche, sans tirer, il y a de gros baquets. Deuxième pas, petit gratton pied gauche, en dessous de la main gauche, puis j'attrape en tirant une belle réglette main droite. Pied gauche dans l'ancien baquet de la main gauche. Et paf ! Sortie. Je place une sangle. L'escalade traversante commence. Premier pas à droite, sur une marche, à vingt centimètres. Puis je tire pour aller chercher une prise en hauteur main droite. Je me replace. Changement de pied. Je monte le pied gauche sur un gratton à un mètre environ, à peine plus haut que le pied droit. Je croise les bras pour agripper une belle fissure un demi-mètre plus loin que ma main droite. Je me stabilise pied droit, sur la même fissure, plus bas, qui est plus large. Je coince mon pied. J'attends avant de faire le pas suivant, car je change de versant. Je vais perdre le contact visuel avec vous. Je ne pourrai plus vous orienter dans votre recherche de prises. Je place un coinceur dans la fissure. Il assurera votre sécurité en cas de faux pas. Il maintient aussi la corde dans la trajectoire. J'y vais. La suite est plus facile. Les prises sont évidentes. Il y a un à-plat à suivre avec les mains, confortable. Pour les pieds, il y a une grosse prise. Puis je grattone avec les pieds. Ça y est, j'arrive. Je me vache. Prenez votre souffle. Détendez-vous. Tout va bien se passer. Suivez la corde. Faites-vous confiance. Vaché ! À vous ! »

À ma surprise, elle a parfaitement mémorisé mes indications. Elle s'en sort avec une relative aisance. Je suis bluffé.

Le gendarme suivant se grimpe par l'arête. C'est une escalade aérienne, dont la seule difficulté est psychologique, et non technique. Je reproduis la même méthode. Je lui décris mes pas au fur et à mesure.

Elle s'en sort très bien. Ne pas voir le vide lui offre l'avantage de ne pas être soumise à la peur. Elle grimpe sur une arête en altitude de la même façon que dans l'école d'escalade de la vallée. Alors que, d'habitude, les clients perdent leurs moyens à mesure que la prise de risque est plus perceptible.

Pour rejoindre le gendarme suivant, nous devons désescalader un peu. Comme il y a un pas délicat, je la fais partir devant, en l'assurant serrée et en lui indiquant les prises depuis le haut.

Elle rate le pas !

Je la tiens.

Je la descends par une sorte de rappel improvisé. Perdue, et angoissée, elle ne parvient pas à trouver le point où se vacher. Je lui demande donc de s'asseoir et de rester immobile pendant que je descends vers elle. Je me hâte de la rejoindre pour nous assurer tous les deux.

J'attends qu'elle retrouve son calme avant d'attaquer le gendarme suivant.

Il faut le contourner et donc changer à nouveau de versant. Je reprends mon descriptif. « Il y a d'abord une grosse écaille. Il y a une fissure pour les mains, les pieds passent en grattonant. Puis une dalle. Il y a un trou pour la main droite. Un gros gratton pour le pied gauche. Une belle prise pour la main gauche. Il faut tirer pour ramener le pied droit en adhérence. Rétablissement. Puis un pas pour rejoindre une petite plateforme. Je suis au pied du bâton Wicks, un fin gendarme. Ça commence doucement. Une bonne prise de pied à droite. Après, il faut attraper la fissure sur la gauche, et monter en Dülfer. On en a fait un à l'école d'escalade, vous vous souvenez ? Les pieds sont en opposition avec les mains et servent de levier. Vous l'aviez parfaitement exécuté. Sentez le point d'équilibre, et ça passera tout seul. Après le Dülfer, c'est de nouveau facile. Vous avez des prises un peu partout. Attendez. Je vais me vacher. C'est bon. Vous pouvez y aller. »

Je m'aperçois dans le Dülfer qu'elle commence à fatiguer. C'est normal. Cela fait déjà huit heures que nous avons attaqué la voie. Nous avons deux heures de retard par rapport au planning que je m'étais fixé.

Je monte un rappel pour rejoindre la brèche suivante. C'est un rappel court. Je peux lui dire quand s'arrêter. Elle se laisse faire, sereine.

Le rappel suivant est plus délicat. C'est un rappel pendulaire. Mais heureusement, là encore, je peux l'orienter. Quand elle arrive au point où elle doit traverser, elle fait des pas chassés. Elle a un sourire aux lèvres. Cela l'amuse. Elle a raison. Quoi de plus agréable que de se balancer au bout d'une corde à trois mille mètres ?

Après l'arrivée à la plateforme, nous désescaladons très doucement pour rejoindre le sommet du couloir Charmoz-Grépon.

Pour fêter cette première victoire, nous mangeons un sandwich. Elle sort une Thermos de café. Le luxe.

*

La voie change. Nous entrons dans le vif du sujet. La trajectoire se complique encore. Pour parer à la difficulté, mon ouïe est ma meilleure alliée.

Quand les gens pensent aux aveugles, ils imaginent que, pour compenser, leurs autres sens sont beaucoup plus développés. Ce n'est qu'en partie vrai. Bien avant que ma sensibilité tactile, auditive, olfactive, gustative ait gagné en finesse, la première faculté que j'ai développée est la mémoire. Perdre un sens, c'est d'abord gagner en réminiscence. À défaut de voir, j'enregistre toutes les informations utiles. Je sélectionne, avec une rapidité et une sûreté qui me surprend, ce que je dois retenir et ce qui n'est que bavardage.

Pendant qu'il me décrit ses pas, je fais mentalement les mouvements. Quand mon tour vient de les réaliser, je ne sais plus si c'est mon corps ou mon esprit qui a mémorisé. Les pas sont en moi, incorporés.

De gendarme en gendarme, je prends de plus en plus de plaisir à grimper. Avec ma faible vision périphérique, je distingue les pleins et les vides, les passages à la lumière et les retours à l'ombre. Mais ces petites perceptions n'engendrent aucune appréhension. Je suis pleinement à ce que je fais.

C'est la première fois que je grimpe en haute montagne sans que mes émotions me coupent mes moyens. J'éprouve une grande satisfaction. De la jouissance, même. Je me sens légère.

Je sors brutalement de cette extase lors d'une descente. Je ne sais plus où je suis, ce que je dois faire. Je deviens malhabile. Mes pieds gigotent sans savoir où se poser.

Je glisse !

Il me retient. Il me descend comme un gros paquet. J'ai honte de moi, de ma faiblesse, de mon impuissance.

Arrivée en bas, je suis tellement mal à l'aise, démunie, que je tremble. Je ne trouve pas le point le relais. Je redeviens cette handicapée dépendante qui m'humilie et me terrasse. J'ai envie de pleurer. Je me retiens. Je l'attends, assise, en faisant le vide. Je dois chasser cette peur de la perte de moi-même. Me retrouver. Non, tu n'es pas faible. Seulement fatiguée. Ressaisis-toi. Regarde ce que tu as déjà fait.

Pour retrouver ma place, m'ancrer, je prends un caillou. Je le porte à ma bouche. Je le lèche. Il est râpeux. Je le suce. Je suis pierre. Je suis la montagne. Il ne peut rien m'arriver.

Il me fait une accolade à son arrivée qui me réchauffe le moral.

Le dernier gendarme est magnifique. Je retrouve les bonnes sensations. Mais mes muscles commencent à fatiguer.

Les descentes en rappel m'offrent le repos que j'attendais. Je suis suffisamment détendue pour m'amuser à me balancer. Retour en enfance. Aux plaisirs simples et spontanés.

La pause déjeuner me redonne des forces. Que c'est bon d'être ici !

*

Le temps est venu d'entrer au cœur de l'aiguille du Grépon. La voie commence par un dièdre, appelé le livre ouvert. On l'appelle ainsi car les deux dalles qui le composent ressemblent à un livre en pierre. C'est, avec la dernière longueur avant le sommet, mon passage préféré. Je l'aime pour son nom. Le livre ouvert. C'est le premier chapitre vers le sommet.

Qu'est-ce que j'y lis ? J'y lis l'histoire de l'ascension que je suis en train de réaliser. Je suis le lecteur d'un livre dont je suis le protagoniste. Je tourne les pages gravées dans le marbre de mon présent et de mon proche avenir.

J'y lis mon état intérieur. Mon envie de poursuivre. Ma fatigue. La beauté de ces lieux. Mon goût pour l'aventure et les grands espaces. Je m'y découvre dans mon humanité en quête de sens, petit homme perdu dans cette immensité. Ce passage a une dimension mystique. Un courant d'énergie s'en dégage, qui part du sol et pousse vers le haut.

J'y lis aussi la voie. Je suis le lecteur de ces rochers. Nous, les alpinistes, sommes de grands lecteurs. Nous passons nos journées à lire des itinéraires, à déchiffrer des passages, à lier la vallée aux sommets, et les sommets au ciel. Les rochers nous parlent. Nous les traduisons en mouvements, en émotions, en connaissance de soi.

Pour cette lecture-là, je n'ai pas envie de lui décrire mes pas. Cela ne regarde que moi. Je gravis le dièdre seul, silencieux, à l'écoute de ce que le livre m'enseigne. Aujourd'hui, il me dit que cette femme a quelque chose à m'apprendre. Que nous ne sommes pas encordés par hasard.

*

De quoi ce livre ouvert est-il le nom ? Je suis seule devant ces pages. Je m'en approche avec curiosité. Je les caresse. Je sens les aspérités du granit sous mes doigts. Un grain. Deux grains et un grain à gauche. Trois grains en triangle. Un point en haut, deux points en bas. Trois points alignés, un point à droite. C'est tout un alphabet en braille !

Je n'ai plus envie de grimper. J'ai envie de lire ce livre. De découvrir son message.

Trois points alignés, un point en bas à droite – V – Deux points en diagonale – I – Un point à droite, deux points alignés en bas – S ! Tel est le message. « Va, vis et deviens. »

Je grimpe. Ou plutôt, je lis. Je parcours les lignes de la pierre, ces lettres symboliques qui m'indiquent les liaisons. Mon corps réalise la syntaxe du sens gravé dans la pierre. Je me hisse sur le V, je saisis le I, je prends appui sur le S. Puis le A, le M, le O.

Les alpinistes croient qu'ils grimpent. Il n'en est rien. Ils lisent avec leurs mains et leurs orteils. Ils sont des aèdes de la nature.

*

Nous tournons la page du grand livre en traversant un petit couloir pour rejoindre la brèche suivante. Le chapitre II est le plus célèbre et le plus redouté. Nous sommes au pied de la fissure Mummery. Pour l'escalader, les anciens grimpaient sur les épaules de leur compagnon de cordée, puis s'engouffraient dans la fissure qui leur servait de levier. Cette méthode est encore souvent utilisée. Mais ce n'est pas possible pour nous. Elle ne peut pas prendre la tête.

Je sors donc toute la panoplie de mes coinceurs, dégaines et sangles. Si elle ne parvient pas à se hisser dans cette large fissure inconfortable qui manque cruellement de prises, elle pourra s'agripper à une sangle ou un mousqueton.

Plutôt que de lui décrire mes pas, ce qui ne lui servirait à rien car elle n'a pas mon gabarit et ne pourra serpenter comme moi, je lui décris le plus fidèlement possible la physionomie de cette fissure hors norme. Je lui dis à quelle hauteur et à quelle profondeur je place les coinceurs, les sangles et les dégaines qu'elle trouvera sur son parcours.

Je mets toujours un point d'honneur à sortir ce passage le plus proprement possible. C'est dans la fissure Mummery que l'on distingue les professionnels des amateurs. Même si, comme aujourd'hui, nous sommes seuls et que personne ne me voit. Ce serait meilleur, bien sûr, si des cordées étaient derrière nous pour prendre une leçon. Peu importe. C'est une question de principe. La dignité de mon métier est en jeu.

Je m'exécute. Je me faufile dans la fente et me hisse sans accro ni effort apparent. C'est fluide. Je suis fier de moi à la sortie. Je suis à la hauteur de mes galons de guide.

À son tour. J'espère qu'elle s'en sortira sans trop souffrir.

*

La fissure Mummery me fait peur. C'est une des rares images précise qu'il me reste de l'ascension. Une fissure noire, large, peu accueillante. Je ne me souviens plus comment je m'en étais sortie, à l'époque. Je sais seulement que ça avait été très difficile, un vrai morceau de bravoure.

Je mange quelques dattes pour reprendre des forces.

Pour la première fois depuis le départ de la course, j'ai de l'appréhension. Je suis tendue. J'ai peur de ne pas y arriver.

Je fais quelques exercices de respiration pour retrouver mon calme intérieur.

Je m'approche du rocher. Je repère les bords, puis la profondeur de la fissure. Je cale le pied droit en bas de la brèche, qui tient bien. Puis je me glisse dans la fente, à la recherche d'une prise de main. En vain. Je ne trouve rien. C'est lisse. En tendant le bras, je finis par trouver le bout de la sangle qu'il a placée. Je m'y accroche comme une désespérée. Je tire pour me hisser. C'est très pénible. J'ai beaucoup de mal à avancer. J'y mets toutes mes forces. Je parviens à gagner un demi-mètre. Mais je ne trouve pas de prise de pied pour me poser. Mes chaussons n'adhèrent pas à la paroi. Je pédale dans le vide.

Je sens l'angoisse monter.

Plutôt que de chercher un gratton avec le bout du pied, je plaque tout l'avant en m'appuyant fermement dessus. Ça marche. Il ne glisse pas. Je tire à nouveau sur la sangle. En tirant, j'entends en bruit de ferraille qui grince. La sangle se met à bouger. Je crie :

« Ça lâche ! »

Le coinceur saute !

Je chute. Lourdement.

« Merde ! »

*

Là, ça se corse. Il faut trouver une autre astuce.

« Ce n'est pas grave. Détendez-vous. Vous pouvez y arriver aussi sans coinceur. Voilà ce que vous allez faire. Vous allez grimper en vous aidant du sac. Il faut qu'il soit le plus large et le plus dur possible. Enlevez votre casque et mettez-le dans votre sac à dos. Et mettez votre poing au fond de la fissure, à la place de la sangle. Vous avez compris ? »

Je sens que cela va prendre des plombes. Cette fissure est finalement une épreuve pour moi aussi. Toujours la même. Celle de la patience.

*

« Oui, j'ai compris ! »

Cette poussée d'adrénaline me laisse sans force. Je suis désespérée. Les larmes me montent aux yeux. Je n'y arriverai jamais. C'est trop dur. En plus, je me suis tordu la cheville en tombant. J'attends un peu pour faire un diagnostic. À priori, ce n'est pas une entorse. Juste une foulure. Par miracle, j'ai de l'anti-inflammatoire dans mon sac. Je me tartine la cheville de cette crème qui sent bon l'eucalyptus.

Je fais le point. On ne peut pas revenir en arrière. Je n'ai pas d'autre choix que d'avancer. Ma cheville tiendra. C'est juste un inconfort supplémentaire.

Je me mets dans la posture de l'enfant pour me détendre et me recentrer. J'y reste longtemps. Le temps qu'il me faut pour faire le vide et être à nouveau d'attaque.

Je bois de l'eau. Je prépare mon sac comme il me l'a dit. Tout à coup, cela me revient. C'est comme ça que j'avais fait la première fois ! J'avais utilisé mon sac pour me bloquer. Je m'étais aussi hissée par moments avec mes genoux. Ce n'était pas beau à voir. Mais ça avait été efficace.

Si j'ai réussi avec cette méthode la première fois, alors j'en suis aussi capable aujourd'hui. Je repars à l'assaut sur cette pensée encourageante. Bon Dieu, aidez-moi !

Je reprends les mêmes mouvements que la première fois. Je coince mon pied dans le bas de la fissure. Puis je me hisse à l'intérieur de la brèche. Je me bloque grâce à mon sac, à défaut de sangle. Je monte mes pieds en les collant à la paroi, jambes tendues. Je trouve un tout petit gratton pour mes mains au fond de la fissure. Avec un effort surhumain, j'arrive à me tirer dessus. Je me bloque à nouveau avec mon sac. J'ai gagné un mètre. Je renouvelle l'opération, en m'aidant cette fois d'une dégaine. Je gagne un mètre supplémentaire.

Je repars. Mais mon mollet commence à trembler. Je tétanise. Je souffle pour essayer d'arrêter ce tremblement musculaire. Mais il augmente au contraire.

Je suis obligée de m'arrêter pour qu'il se calme. Cette fois, je suis bel et bien coincée.

Mais qu'est-ce que je fous là ?

*

Elle n'avance plus !

Je m'y attendais. Mais je ne peux pas l'aider. Je ne peux pas la tirer dans ce passage. Je peux seulement la tenir bien serré pour éviter qu'elle perde du terrain. Il n'y a pas d'alternative que de serpenter dans la brèche.

Tout est dans le mental, à présent.

« Ce n'est pas grave. C'est normal. Tout le monde a un problème, ici. Vous avez déjà fait une bonne moitié. Vous y êtes presque. Ça va finir par passer. Je sais que vous en êtes capable. Attendez d'être de nouveau d'attaque pour reprendre. On a du temps. »

*

Ses paroles me rassurent. Mais ne règlent pas le problème. Comment je vais faire ? Je suis épuisée. Mon corps n'en peut plus de pousser et de tirer.

Je sais d'expérience que l'on a toujours plus de réserve qu'on ne le croit. Ma volonté doit combler mes forces déclinantes.

J'y vais centimètre par centimètre. Je rampe à la verticale, sans plus penser à chercher des appuis sûrs. Tout est bon à prendre. Je ne peux pas glisser. Il me tient très serré. J'y vais donc au culot. Je m'arrache de ce rocher qui m'oppresse, par tous les moyens, les mains, un mousqueton, mon sac, mes genoux, une sangle.

Je ne sais pas très bien comment je réussis à sortir peu à peu de ce calvaire. La fatigue et l'effort occupent tout mon esprit.

J'ai fini ! Je suis sortie !

*

Son sourire est beau à voir.

« Bravo ! Vous avez réussi ! Félicitations. Vous avez fait le plus dur. »

*

Je n'en reviens pas d'être sortie victorieuse de ce combat. Qu'est-ce que je suis heureuse ! Mais j'y ai tout mis. Je ne sais pas comment je vais faire pour enchaîner avec la suite.

Chaque chose en son temps. D'abord, reprendre des forces. Et savourer la satisfaction de l'effort accompli.

Je suis fière de moi.

*

Nous ne pouvons pas faire une longue pause. Nous avons pris beaucoup de retard.

La partie suivante est facile et plutôt drôle. C'est comme un jeu de piste où on passe par des trous et des terrasses, on monte des écailles, on change de versant en se faufilant entre les rochers. D'habitude, j'aime cette escalade variée. Mais là, c'est une autre histoire. D'autant que je commence à avoir mal aux bras, à force de la tirer.

N'y pensons pas.

Ça commence gentiment. D'abord une petite vire, mais piégeuse pour elle. Je lui demande de prendre la lanière de mon sac pour rester collée à moi. Puis j'escalade une courte cheminée, en lui décrivant à nouveau mes pas. Quand elle me rejoint, on change de versant en passant entre deux rochers, un passage sympathique nommé le trou du Canon. Je place une sangle pour l'assurer avant qu'elle pénètre dans le trou. On traverse ensuite en oblique, à nouveau collés l'un à l'autre. On débouche sur une cheminée impressionnante, car elle est surmontée d'un bloc surplombant. Même si le pas est relativement facile, les clients se laissent en général facilement impressionner. Mais pas elle. Pour ce pas-là, sa cécité est un atout. Elle ne voit pas qu'elle franchit un surplomb. On change encore une fois de versant grâce une boîte aux lettres. Comme le passage est très étroit, je mesure *grosso modo* sa largeur pour l'informer. Elle prend son temps pour évaluer la distance entre les deux bords et s'y faufile sans trop de mal.

Je la sens très fatiguée. Moi aussi, j'en ai marre. Mais nous devons continuer encore un peu avant d'arriver à une zone de bivouac.

*

Même si je suis fatiguée, le fait de savoir la fissure Mummery derrière moi me donne de l'énergie. Mais à peine ai-je remis les pieds sur le rocher que je sens mes muscles à plat. Ils sont lourds. Quand je marche dans les passages traversants, ça va. Mais dès que je dois tirer, c'est très pénible. Mon corps n'a plus aucune élasticité. Tout effort me coûte. Je dois puiser dans mes réserves pour faire un pas athlétique, qui ressemble à une sorte de surplomb. J'y laisse mes dernières forces. Après ce mouvement, j'avance comme une tortue. Je commence à faire des erreurs. Mes pieds glissent à deux reprises. Mes biceps tremblent quand je les sollicite beaucoup. J'ai perdu toute sensation au bout des doigts. Je n'en peux plus. J'aimerais que ça s'arrête. Je ne prends plus de plaisir. J'avance en pilote automatique.

*

Les risques augmentent avec la fatigue. Je dois donc redoubler de vigilance. Heureusement, il ne nous reste que quelques longueurs avant d'arriver au sommet, où nous pourrons bivouaquer. Mais avant de nous reposer, nous devons gravir le râteau de Chèvre, que l'on rejoint par une fissure d'une dizaine de mètres. Je la sens à bout. Je dois la tirer dans la fissure. Le râteau de Chèvre est bien plus athlétique. Je crains le pire.

Elle bloque très vite sur cette écaille rocheuse un peu technique. Elle tétanise des bras et des jambes. Je sens qu'elle ne va pas y arriver. Pour la première fois, elle me demande une pause. Que je ne peux pas lui accorder, car il fera nuit dans même pas une heure. Je suis obligé de faire un mouflage pour la tracter au sommet du râteau. J'arrive à le monter rapidement. Mais je laisse beaucoup d'énergie à la remonter, même si elle m'aide un peu avec ses pieds.

La suite, heureusement, est plus facile. En tout cas pour elle. Après avoir remonté une brèche peu profonde, nous rejoignons une vire grâce à un rappel d'une vingtaine de mètres. Puis, par une courte descente à pied, nous arrivons enfin à la grande vire à bicyclette.

C'est fini pour aujourd'hui !

Je suis crevé.

*

Je sais que je n'ai pas le choix. Que nous ne pouvons pas dormir là, que nous devons avancer. Mais ce que ma raison comprend, mon corps le refuse. Même ma volonté ne peut plus lutter contre la rébellion de mes muscles, qui refusent catégoriquement de continuer à travailler. Je me fais leur porte-parole. Je demande une pause.

J'obtiens une trêve. Il me tracte au sommet d'un passage devenu infranchissable en l'état de mes forces. J'ai honte de ne pas y arriver. J'ai honte de me faire porter comme une invalide. Mais ma honte n'est rien face à la nécessité.

Le rappel qui suit est un baume au corps. Je peux enfin me laisser glisser sans rougir…

*

Le soleil est en train de se coucher. J'avais prévu initialement de dormir au sommet. Mais la vire à bicyclette sera tout aussi confortable. C'est une bande plate, d'un peu plus d'un mètre de largeur, bien suffisante pour nous deux. J'installe une ligne de vie pour ne pas prendre le risque de glisser dans le vide quand nous dormirons. Je lui demande de mettre ses pieds dans son sac à dos, pour les protéger du froid qui monte. Je sors les duvets et le réchaud. Je prépare un thé et une soupe, les seules denrées qu'il nous reste, avec une demi-miche de pain.

Elle est très calme. J'ai même l'impression qu'elle est heureuse de passer la nuit ici, à plus de trois mille mètres d'altitude, au cœur de la montagne. Comme si son souhait profond était d'être là. Je regrette pour elle qu'elle ne puisse admirer le coucher du soleil.

La promiscuité crée la confidence. J'ose lui poser la question qui me taraude depuis le début :

« Pourquoi avez-vous choisi de faire le Grépon ?

— Par gratitude. J'avais vingt ans quand j'ai appris que j'avais une maladie qui allait me rendre aveugle. À cette époque, les médecins pensaient que la maladie se développerait rapidement. Selon eux, il ne me restait que deux ou trois ans avant de vivre dans le noir. Cet été-là, j'ai fait le Grépon. J'ai prié la statue de la Vierge qui est au sommet, pour qu'elle m'accorde des années de vue supplémentaires. Et elle a exaucé mon voeu. Elle m'a offert trente années au cours desquelles j'ai pu voir mes enfants naître et grandir, mon mari vieillir. Grâce à elle, j'ai apprécié comme personne les beautés de l'art et de la nature. Je suis venue ici pour la remercier. C'est ma façon d'achever ma vie de voyante.

— Elle vous en sera reconnaissante. C'est notre protectrice. Notre mère à tous.

— Et vous, pourquoi êtes-vous devenu guide ?

— C'est une tradition familiale. Nous sommes guides de père en fils.

— Vous n'avez jamais voulu faire autre chose ? Tracer votre route à vous ?

— J'en ai eu envie, oui. En fait, au départ, je voulais être médecin. Je suis même parti à Grenoble, en première année de médecine, après mon bac. Mais la ville et les amphis bondés ne m'ont pas réussi. C'était un milieu nouveau pour moi, auquel je n'étais pas préparé. La montagne me manquait. Le week-end, au lieu de réviser mes cours, je partais grimper.

— Vous n'avez pas de regret, alors ?

— Je ne sais pas. À la fin de ma première année de fac, j'hésitais. Je ne savais pas quel chemin prendre. Mon père l'a compris. Il m'a emmené faire le Grépon, pour être seul avec moi. C'est drôle, mais nous en avons discuté justement sur cette vire à bicyclette. Il m'a dit : "Tu sais, il n'y a pas une si grande différence entre les médecins et les guides. Les uns comme les autres prennent soin du corps et des âmes. Les médecins, pour les réparer. Les guides, pour les exalter." C'est ainsi que mon destin s'est décidé.

— Vous avez des enfants ?

— Un fils et une fille.

— Et ils veulent être guides, eux aussi ?

— Ma fille veut faire médecine, elle aussi. Et elle ne risque pas de devenir guide. Elle a toujours eu peur en montagne. Elle n'y prend pas de plaisir. Elle ressemble plus à sa mère. Mais mon fils, lui, parle de devenir guide. Alors qu'il est au moins autant passionné par l'informatique. Je me demande s'il ne veut pas être guide pour moi. J'ai l'impression qu'il n'ose pas rompre la tradition familiale. Comme s'il avait peur d'être le traître de la famille.

— Cela vous contrarierait qu'il suive un autre chemin ?

— Non, pas du tout. Au contraire. Je trouverais cela très courageux de sa part. Je crois même qu'au fond de moi, c'est ce que je souhaite. Qu'il réussisse là où j'ai échoué. Qu'il arrive à sortir du carcan familial où, d'une certaine façon, nous avons tous perdu notre individualité.

— Vous le lui avez dit ?

— Non. Je ne veux pas l'influencer.

— Pourtant, sans votre permission, il n'y arrivera pas.

— Mais il n'a pas besoin de mon accord.

— Bien sûr que si ! Vous êtes le dernier maillon de la lignée. Si vous ne desserrez pas l'étau, si vous ne lui montrez pas qu'une brèche est ouverte, il ne pourra pas briser tout seul une chaîne qui s'est forgée sur plusieurs générations. Ce que vous attendez de lui demande une force herculéenne. Il a besoin de vous. Ne serait-ce que pour savoir que cette chaîne peut être rompue.

— Je vois ce que vous voulez dire.

— Vous savez ce que je ferais, à votre place ? Je l'emmènerais ici, sur cette vire à bicyclette, comme l'a fait votre père, pour lui offrir la liberté et votre bénédiction. Quelle que soit la voie qu'il choisira.

— Pourquoi pas. Je n'y avais pas pensé. »

Je sens le sommeil me gagner. Je pense à mon fils. Elle a raison. Sans mon accord, il n'arrivera pas à tracer un chemin qui n'appartienne qu'à lui. Je nous imagine tous les deux sur cette vire, deux hommes qui s'épaulent pour rompre ensemble le lien à un destin collectif qu'ils n'ont pas choisi, mais qu'ils se sentent obligés de poursuivre. Cette image est belle. Une forme de courage, inédite à mes yeux. Il y a un poids qui sort de moi à cette pensée. Mon âme part rejoindre ce moment futur de la liberté assumée.

Je m'endors en harmonie, réconcilié avec ma vie.

*

Je n'arrive pas vraiment à dormir. J'ai froid. Le rocher me rentre dans les os. Je reste au bord du sommeil, dans un état de semi-conscience.

Des bribes de notre conversation me traversent l'esprit. Ces pensées finissent par revêtir une forme onirique. J'imagine son fils en train de prendre son envol vers la vallée depuis notre vire à bicyclette. J'ai donc bien dû dormir un peu.

En sentant le soleil se lever, je regrette amèrement de ne pas voir ces couleurs orange et rose que j'aime tant. Je chasse la tristesse par mon rituel matinal, une salutation au soleil. Sauf qu'aujourd'hui, je me contente d'allonger les jambes pour faire la posture de la pince. Je sens la chaleur montante caresser mon dos. Mes muscles s'échauffent doucement. Je suis prête mentalement et physiquement pour les dernières longueurs.

*

J'ai bien dormi. C'est le lever du soleil qui m'a réveillé. J'aime ouvrir les yeux en même temps que cette nature élémentaire. Que la première chose que je vois soit une aube aux couleurs chaudes, que seules les montagnes peuvent offrir. Je m'étire pour assouplir mes muscles. Puis je lève le camp.

Il ne nous reste que quelques longueurs avant le sommet. La première est une courte cheminée. C'est parfait pour retrouver les automatismes. La deuxième longueur est une brèche sans intérêt. Arrivé à la plateforme, j'attaque la dernière longueur, la fissure en Z, ma préférée.

Ce n'est pas une escalade difficile. Mais très belle. Pure. Les mains suivent la fissure, bien calées. Il n'y a pas de prises de pied. Il faut grattoner. Sur ce granit franc, c'est un plaisir. Les chaussons adhèrent tout seuls. On mesure alors qu'il en faut peu pour escalader.

Je la guide oralement dans la cheminée et dans la brèche.

Elle m'a demandé de la laisser grimper seule la dernière longueur.

*

Avec la fissure Mummery, la dernière longueur est le seul souvenir qu'il me reste. Je revois assez précisément cette fissure en Z, aérienne, où les pieds suivent les mains par simple adhérence.

Je ne savais pas, la première fois que je l'ai grimpée, qu'il y avait une statue de la Vierge plantée au sommet. Mon père m'avait fait la surprise. Je me souviens de mon émerveillement à cette découverte. J'avais alors compris que le Grépon n'était pas une course comme les autres.

Je suis très émue de m'y retrouver à nouveau. Parce que ce souvenir m'est cher. Mais aussi parce que c'est la fin. C'est ma dernière longueur en haute montagne. Mon dernier sommet. Je me concentre pour la faire bien, avec fluidité et élégance. La Vierge me regarde. L'esprit de mon père aussi. Je ne veux pas les décevoir. Je dois m'en montrer digne. Dès que ma main agrippe le bord de la fissure, je place un premier pied, sans hésiter, mais sans précipitation non plus. Je choisis le tempo avec lequel j'enchaîne les mouvements. Je cale ma respiration sur chacun de mes pas. Et je laisse défiler en moi le souvenir de ma jeunesse sur ce rocher.

Je deviens deux femmes en même temps. Celle de vingt ans, qui grimpe cette fissure pour la première fois. Et la non-voyante qui la gravit une dernière fois. Ma jeunesse me porte. Ma cécité intensifie le plaisir intérieur que je prends à chaque mouvement. Je profite de chaque seconde où je lis dans la pierre la dernière lettre de l'alphabet.

*

En me rétablissant au pied de la statue de la Vierge, je pense à mon grand-père. Il faisait partie des guides qui avaient monté la statue à ce sommet. Ils l'y avaient scellée, le regard vers la vallée. Mon aïeul avait assisté à sa bénédiction par le curé de Chamonix. La légende familiale raconte qu'il était si ému qu'il avait pleuré en chantant, en chœur avec les autres guides, le *Salve Regina*.

À chaque fois que je me suis retrouvé aux pieds de cette Vierge, balafrée par tous les éclairs qui l'ont frappée, j'ai prié pour sa protection. Celle-là même qu'elle a accordée à mon grand-père et à mon père.

Aujourd'hui, ma prière est différente. Je prie pour qu'elle guide mon fils.

*

Je me rétablis au pied de la statue de la Vierge. Je reprends mon souffle. Et je tombe en pleurs dans les bras de mon guide. De joie. De tristesse, aussi.

Je m'approche de la statue. Me reviennent les belles choses que mes yeux ont vues pendant ces années qu'elle m'a offertes. Le sourire de mes enfants, le vol des oiseaux, le camaïeu des bougainvilliers, le regard amoureux de mon mari, les tableaux de Van Gogh, les bleus de la mer, la danse des dauphins, les sculptures vivantes de Camille Claudel, le regard bienveillant de mes parents, les couchers de soleil flamboyants, la crête des Alpes, Démon courant vers moi en remuant la queue.

J'embrasse les yeux de la Vierge.

Merci.

Je sens ses yeux de métal sous mes lèvres. Ils me disent qu'un nouveau monde m'attend. Un monde fait de parfums, de musiques et de caresses. Un monde où je reconnaîtrai mes petits-enfants à l'odeur de leur peau. Où je comprendrai les émotions qui les agitent aux modulations de leurs voix. Un monde fait d'idées, qui se déchiffrent sous les doigts, comme les prises du livre ouvert. Où la peinture et la sculpture deviendront musique. Où chaque fleur aura une odeur, la mer, un goût, les sons, un sens. Où la présence d'un être se manifestera par un souffle.

La Vierge me montre le chemin vers le cœur de ma nuit.

*

Comme la tradition l'exige, je passe la corde autour de la statue pour y poser le rappel.

Je prépare le *shunt* pour sa descente.

« Prête ?

— Oui. »

Achevé d'imprimer en mai 2022 sur les presses de
la Nouvelle Imprimerie Laballery
58500 Clamecy
Dépôt légal : septembre 2022
N° d'impression : 205299
Imprimé en France